ぼくたちの愛する悪魔と不滅の庭

Shinobu Gotoh

ごとうしのぶ

Contents

カバー・口絵・本文イラスト／笠井あゆみ

なまえを
よぶもの

名前を呼ばれても返事をしてはいけない。

そもそも名前を知られてはいけない。

「紗理奈《さりな》ちゃん」
母の声だった。
駅前の繁華街を抜けた、商店の明かりだけでなく街灯まで一気に減った薄暗い夜道。とはいえ住宅密集地である。

駅から自宅まで徒歩で十分ほど。真夜中というほど遅くはないので、——深夜まで残業して終電で帰ってきたときなどは、申し訳なくも電話をして母に駅まで車で迎えに来てもらうことはまああるのだが今夜は違う。

もしかして、なにか買い忘れがあって、駅前の商店まで行って、偶然、帰りが自分と重なったのだろうか。

ちょっとそそっかしいところがあるからなあ、お母さん。

エンジンの音はしないので、母も徒歩ということか。——珍しい。今夜はさほど寒くはないから、散歩ついでということか？　最近、太ってきたって気にしてたし。

それにしても、紗理奈ちゃんって。

母からちゃん付けで呼ばれたのはいつぶりだろうか？　基本は〝あんた〟呼ばわりだ。あんたはねえ、いくつになってもうんぬんかんぬん。口うるさくガミガミ言われるのが常なので、あんなに優しく『紗理奈ちゃん』なんて、ちいさな子どもをあやすような柔らかな声音で呼ばれるとか、幼稚園卒園以来の出来事に違いない。

もしくは、娘のご機嫌を取りたいときとか（さすがにちゃん付けはどうかと思うが）。

そうか。いくら近所に買い物に出ただけとはいえ、母も夜道をひとりでは心細かったのかもしれない。紗理奈としても、いくら通い慣れた路《みち》だとて、ひとりで帰るより母とふたりの方が断然心強いし、なにより楽しい。

まだ家には着いていないが、

「ただいま、お母さん」

遅かれ早かれだ。

紗理奈は笑顔で振り返る。

声のした方へ。

だが。


「もしもし、が、もしもし、な、理由?」

恍一《こういち》がきょとんと訊《き》き返す。

「おうよ!」

なぜか得意げに胸を張った翔太《しょうた》は、「恍一に、わっかるっかなあ?」

楽しげに顔を覗《のぞ》き込んできた。——この距離の近さ!

恍一が数カ月前に転校した高校のクラスメイトで、近所の(よく利用している)商店街の肉屋の息子でもある翔太は、さすが幼い頃から店をよく手伝っているというだけあってざっくばらんな高い対人スキルの持ち主で、小学校も中学校も同じだった恍一の弟の（弟だが同い年である。説明がややこしいので周囲にはふたりは従兄弟《いとこ》だと説明してある）龍一《りゅういち》とはもちろん幼なじみなのだが、恍一へも初手から幼なじみのようなきさくさで接してくれた。

おかげで早々に、恍一、翔太、と、呼び合う仲だ。

下校のタイミングが重なったならば、途中まで一緒に帰る仲でもある。

「たとえばさあ、うちの店にかかってきた電話に出るときは、はい！　お待たせしました！　とか、毎度ありがとうございます！　とかじゃん？　でも家の電話だと、はい、もしもし？　ってなるだろ？」

ご丁寧にも、店バージョンでは威勢よく、家バージョンではおしとやかに、声音を変えて説明する。ノリノリだ。

翔太が芸達者であることはわかったが、

「……家の電話？」

恍一はそこに引っ掛かる。

母とふたり暮らしだったアパートに、もちろん固定電話はあったのだが、正確には、電話線の差し込み口はずっと壁にあったのだが、いつの間にか電話機そのものは消えていた。幼い頃にはよく使われていたプッシュ式の白い電話機。いつの間にか、そう、おそらく、母も自分もそれぞれに携帯電話を持ち始め、すっかりそっちに馴染《なじ》んでしまい、ほとんど使われなくなった家の電話は（経済的な事情もあり）解約してしまったのだろう。

玉造《たまつくり》の家に引き取られ、暮らすようになってからも、——あれ？　玉造家に固定電話って引かれてるのか？　電話がかかってきたとか、当主の嘉代《かよ》さんが電話で喋《しゃべ》ってるとか、そもそも電話機も、見たことがない。

質素なアパートでの慎ましい暮らしと古色蒼然《そうぜん》とした旧家の玉造家の昔ながらの暮らしとを単純に比較するのは違うけれども、そのどちらもあまり固定電話とは縁がない。玉造家の電話のあるなしを、今の今まで恍一が失念していたくらいには。

だがもちろん、もしもし、は、知っている。ケータイでも、もしもし、は、使う。ほぼ無意識にだ。意味とか理由なんて考えたこともない。

「なあなあ、——降参？」

にやにやと、また翔太が顔を覗き込んでくる。

そのにやつきに、恍一はちょっとだけムッとして、

「もしもし？　だろ？　相手に呼びかけてるんだから、ちょっとちょっと、みたいなものだろ？」

「おおお恍一、顔に似合わず鋭いじゃーん。二回繰り返すトコに注目するとか」

大袈裟《おおげさ》なリアクションと、

「顔に似合わず。ってなんだよ」

で、恍一は再びムッとする。

「だってさあぜんぜん鋭くないじゃんか恍一の顔、童顔だし？　従兄弟の龍一はしゅっとしてて顔も喋りもやることともシャープだけどな」

「いちいち龍一と比べるなよ」

おかげでムッから離脱できない。

「悪い悪い」

翔太はけらけらっと明るく笑い、「てかさあ、もしもしネタも龍一から聞いたんだよ、ちっさい頃に」

「——え？」

恍一はいきなり真顔になった。

「龍一、ちっさい頃からすんげー読書家で、俺らのあいだでは雑学王って異名があってさ。大人が電話に出るときに、なんでみんな示し合わせたようにもしもし言うのか、あれっておかしいよなあって誰かが笑ったときに、いやいや、こんな話があるんだよって」

「へえ……」

龍一がネタにしたということは、それ。「翔太、ちょっとちょっと。の答えで一応満足したんなら、もったいぶらずにさっさとオチを教えろよ」

「はいはーい」

翔太は軽く頷《うなず》いて、「今の、はいはーい、も、ヒントだぜ」

と、続ける。

「はいはーい？　もしかして、続けて二回がポイントとか？」

「そーゆーこと」

読みは当たったが、続けて二回、に、どんな意味があるのだろう。

「もしもし、ってのは、申し申し、これから申し上げます。話を始めます。って、相手に伝える前口上？　みたいなものなんだってさ」

「申し上げます申し上げます、申しますします、申し申し、もしもし。ってこと？」

「そうそう。多分、そう」

翔太は適当に頷くと、「電話ができたばっかの頃って、電話と電話を交換手が取り次いでて、ほら、新しい文化だからさ、やっぱ、胡散《うさん》臭かったんじゃないか？　お金持ちしか持てなかったってっから、そーゆー人たちって警戒心強かったかもしんないし？」

お金持ちって警戒心が強いかも、は、ともかくとして、お金持ちしか電話を持てないなら相手の素性はあきらかなので、むしろ警戒をしないのでは？

と、思ったが、本筋とは関係ないので話を進める。

「それで？　これから申し上げますの前口上が申し申しになって、もしもしに、変化したのはわかったけどさ、二回繰り返すののどこがポイントなんだ？」

「だからさ、つまり声だけじゃん。相手の姿が見えないだろ？　わけのわかんない機械から仕組みもよくわかんないけど、とにかく人の声が聞こえてくるわけさ。しかも、それまで聞いたこともない、機械っぽい声が」

「うん」

「それって怖くないか？」

「——怖い？」

ああ、そういうことか。

新しいテクノロジーを前にしたならば、わくわくとした期待感と同時に畏怖も感じる。期待感が勝るから畏怖を圧《おさ》えて手が出せる。幸か不幸か、完全に新たな仕組みが理解できていなくても目の前に出されたテクノロジーを、自分たちは持ったり使ったりできるのだ。

そうか。

電話を通し、声は聞こえてくるけれど、それが、誰か、は、わからない。

本当に〝正しい相手〟と話しているとは限らない。

真の姿はわからないのだ。

声だけでは。

「妖怪は同じ言葉を二回繰り返して言えないんだってさ。龍一の説明によると」

——やはり妖怪絡みだったか。

不可思議な環境で育ちながらもそれらをまったく不可思議と自覚していなかった龍一は、無自覚に不可思議なものに抵抗がない。迷路のような玉造の家、そこで一度も迷ったことはないと言い、無数にも感じられる部屋の数々、そう感じられる原因はしょっちゅう部屋の位置が変化するからなのだが、恍一は高確率でいまだに家の中で自分がどこにいるのかがわからなくなり立ち往生する場面があるが（実に笑えない）、龍一は幼い頃に引き取られてからかれこれ十年以上もあの家に住んでいて、最初から現在まで、ただの一度もないと言う。その差。

異世界に飛ばされても動じない。

動揺よりも、分析と対策を始める龍一。

無条件で異世界をすんなり受け入れてしまう、そういう感覚の持ち主なのだ。

「つまり、二回繰り返せないってことは、もし、は、言えるけど、もしもし、は、言えないってことか?」

「そーなんだってさ。だから、昔の人の呼びかけ方は、もし、って一回呼ぶだけなんだけど、電話ではわざと、もしもし、って二回繰り返して、自分は人間ですよって、妖怪じゃありませんよって、暗に証明してるんだってさ」

「……へえ」

もしもし、の言い方にすっかり馴染んでしまっているから、もし、と、呼びかけられる方が違

和感だが、もしもしにはそんなオカルト的な歴史があったのか。――例によって、諸説あります
とか、都市伝説かもしれないけれど。

「しかもさ恍一、妖怪に話しかけられて返事をしちゃうと、連れていかれちゃうんだってよ」

「えっ⁉」

連れていかれちゃう⁉

恍一は腹の底からぎくりとした。

恍一の驚きように、

「び。びっくりしたぁ」

翔太が驚く。

「ご、ごめん」

お前はいちいち驚き過ぎだといつも龍一から注意を受けているのに、やはり、そのワードには怖気付《おじけ》いてしまう。「つ……連れていかれるって、どこへ？」

「さあな」

翔太はひょいと肩を竦《すく》めると、「妖怪の世界？　とかじゃね？」

「妖怪の世界って、なに？」

「知らないよ。詳しいことはネタ元の龍一に訊いてください」

「ああ。だよね」

そうでした。「でもなんで、今、その話題?」

声とか返事とか連れていかれるとか。……ううう。思いっきり、怖いんですけど！

「あれ? 恍一、知らないのか?」

今度は翔太がきょとんとした。「だって、神隠しがあったじゃん」

「神隠し?」

誰か、行方不明になったのか? でも、だからって神隠しとか、大袈裟だな。「ううん、知らない。神隠しって、いつ。どこで?」

「何日か前に、このへんで」

恍一はますますぎくりとする。

「こここのへん?」

「そんなにビビんなよ、怖がりだなあ。恍一、ホントに龍一と血が繫《つな》がってんのか? 顔とか雰囲気とかもだけど、こんなに似てないもんかなあ従兄弟って」

従兄弟どころか母親違いで半分も血の繫がった実の兄弟なのだが、まあ、そこは良い。訂正はしない。甚《はなは》だ不名誉ではあるが、翔太に詳細は語れない。けれども恍一はただの怖がりではないのだ。性格として臆病だからこんなに何度もびくついているわけではない。恍一には〝特殊な事情〟があるのであった。

声も、返事も、連れていかれるも、ただの都市伝説や怪談では済まされない現実として、なにかのきっかけで現実に転じてしまう恍一の、すぐ隣に、常にある、恐怖。

「龍一のことは、いいよ、似てなくても」

できれば一刻も早くこの場所から離れたい。この話をやめにしたい。

のだが、正直、興味もあった。

どうして、行方不明が、神隠しに、なったのだろう？

「このへんでって、つまり、近所の人が神隠しにあったってこと？」

「そうそう」

翔太は大きく頷いて、「駅から帰宅途中の女の人が忽然《こつぜん》と行方不明になったんだよ。それも、目撃者によると、煙のようにふわわって消えたんだってさ」

言いながら、指をうにゃうにゃさせる。

ふわわっ、て、消えた。も、気になるが、

「――目撃者？」

神隠しの目撃者ってなんだそれ？　新しくないか？

誰にも見られてなくて忽然と跡形もなく消えるからこその神隠しではないのか？　――詳しくは知らないけれども。

「夜もけっこう遅い時間だったし、このへん街灯も少なくて暗かったから、目撃した人は最初、見間違いかと疑ったらしいんだけどさ、近づいてみたら地面にバッグが落ちてたんだって。消えるときに手からバッグが落ちたのも見えたんだってさ。見間違いじゃなかったってことだよな。それでソッコー一一〇番したんだってさ」

煙のように目の前から人が消える、場面を、恍一はたびたび目にしている。尋常な事態ではないのでもちろん誰にも、当然翔太にも話したことはないのだが、龍一などは本人がたびたび（よくある比喩《ひゆ》ではなく実際に）煙のように姿を消している。どこかの世界へふっと旅立っている。もちろんそれも翔太には話せないし、異常な事態ではあるが、それが恍一の日常で、だが、問題は、そこではない。

「あのさ！　そ、そのバッグの中に、ほ」

本、入ってなかったのかな。もしくは、その人、本を手に持ってはいなかったか？

と訊こうとして、恍一は躊躇《ちゅうちょ》した。

この話を、このまま往来で続けていていいのだろうか。

人の姿は見当たらないが、人の姿が見当たらない、だけなのだ。

妖怪の神隠しに関しては、申し訳なくもまったくピンとこないのだが、煙が消えるように、悪意を持って人間を異世界へ飛ばそうとするヤツを、恍一はひとり知っている。

凪瀬《なぎせ》キラト。

名前を脳裏に浮かべただけで肩に掛けたスクールバッグの中から低く唸《うな》る本の声がする。——警戒しろと。

恍一の場合は、名前を呼ばれると、ではなく、特定のモノの名を呼ぶとこの世から魂ごと消滅してしまうという宿命があった。消滅したら最期。もう二度とヒトであれなんであれ、生まれくることができない。

そう教えられ、警告もされ、だが確かめたことはない。

確かめて事実だとわかったときには、恍一は完全に消滅している。

そんなにリスクの高い検証はするものではないし、仮に騙《だま》されているのだとしても、呼ぶなと言われたら呼ばねばよい。

恍一の場合は、素直さは我が身を守る武器のひとつだ。

他の誰かは関係ない。——恍一の場合は——こそが、重要なのである。

【ひとつ　けつしてなまえをよばぬこと】

本が不穏に警告して寄越す、恍一に仇《あだ》を為《な》すモノのひとりが凪瀬キラトだ。恍一から母を奪った。あろうことか、恍一を利用して。

許せない。

生涯、忘れない。あの仕打ちを。

「ほ？　ほ、なんだ？」

言いかけたきり黙ってしまった恍一へ、翔太が続きを促した。

恍一は翔太の腕を摑《つか》むと、その場から離れるべくぐいぐい引いて歩きだす。

歩きながら、小声の早口で、

「バッグは落としたとして、その女の人、他になにか、手に持ってなかったのかな？」

と、訊いた。

「ん？　スマホとか？」

「あ。——ああ、そうか」

夜道をひとりで女の人が歩くなら、手に持っているのはたいていスマホだ。本ではない。

「てか、詳しいことは目撃者か警察に訊いてもらわないとな。俺にはわかんないよ」

「それは、そうだ」

恍一は大きく頷いて、無意識に周囲をぐるりと見回した。


不可解な出来事に遭遇したり話を耳にしたならば、恍一は玉造家の別館である洋館へ向かう。

住宅地の中にあるものの山ひとつ分はあろうかという広大な敷地を持つ、旧家の玉造家。敷地のほとんどは手付かずの庭なのだが、自然のただなかに唐突にドンと建つ正門ではなく、裏門ではあるが街中に接した洋風な北門から入ると、そこにはそのまま洋風の庭が広がっていて、緑のトンネルのような小径《こみち》をゆくと、やがて小ぶりの洋館が現れる。小ぶりといっても巨大な平屋の日本家屋の母屋と比べて、であり、充分に大きい洋館である。

その洋館が、玉造家の巨大な〝書庫〟であった。

どの階も、どこもかしこもびっしりと、本で埋め尽くされている。

そのまま私設の図書館として近隣に貸出ができそうなほどの収蔵数だが、生憎《あいにく》と、洋館にある本はどの一冊を取っても特別で特殊な本であった。マーケットで値のつく稀少本《きしょうぼん》という意味ではなく、仮に平凡な文庫本だったとしても、どれも特異な本である、という点で。

その洋館に、見た目は異国人の『仰倉《おおくら》』という名の青年が寝起きしている。本のすべてを管理する司書として。

正体は、ヒトではない。悪魔と呼ばれたり妖魔や淫魔《いんま》と呼ばれたり、モノノケと呼ばれることもあれば場合によっては神であったりもするのだろう。

恍一には、よくわからない。

ただ、とてつもなく強い力を持つ、ヒトではない、なにか、だ。

そして彼を目にすると、ヒトはたぶらかされて虜《とりこ》になってしまうのだ。――まるで魂が抜かれたように。

この世でただふたり、恍一と祖母の嘉代だけが、なぜか、たぶらかされない、のだそうだ。

恍一と嘉代は、孫と祖母という間柄だけでなくもうひとつ共通項を持っている。それが、本の声が聞こえる、というものだ。

本は常に意味不明のなにがしかを唸り続けているのである。理路整然と言葉を発しているのではなく、本に書かれた内容ともまったく関係なく、騒音や雑音のように、囁《ささや》くように小さかったり爆音のように大きかったり様々なのだが、常に音を発し続けているのであった。恍一は生まれながらに本の声を聞き、聞こえるがために辛《つら》い思いもし、そんな自分はオカシイのではないかとひとりで苦しんでいたのだが、嘉代と出会い、嘉代にも本の声が聞こえると知り、なにより、どうして本が声を発するのか、本とは、どういうものなのか、ただひとりの身内である母を失い、玉造の家へ引き取られてからの恍一は、たくさんの学びを得て、おかげで、闇雲に本を恐れるようなことはなくなった。

嘉代にもたくさん師事しているのだが、恍一を救ってくれた知識や知恵の大部分を授けてくれたのが、洋館に棲《す》む仰倉である。

悪魔はヒトを不幸に陥れるはずのものなのだが、仰倉と出会って以降、むしろ恍一の生活は、しあわせであった。難解な問題も、仰倉の手にかかれば瞬時に解ける。恍一は何度となく仰倉に救われているのだ。

ただ、ひとつ。

恍一は取り引きをしていた。

母を救うために。

結局、母は救えなかったが、取り引きしたことは後悔していない。

悪魔は簡単な取り引きはしてくれない。代償は〝不可能〟に限られている。母を救うために恍一に要求された不可能は、恍一が仰倉のものになる、というものだった。

だが恍一は仰倉の虜にはなれない。

虜になれない恍一の目には、仰倉は未知なる脅威としか映らなかった。底知れぬ恐怖に腰が引けるばかりで、心惹《ひ》かれようがなかったのである。

けれど仰倉のものにならなければいつまでも取り引きは完了しない。不可能と引き換えなければバランスが取れないほどの不自然な力が作用しての仰倉の仕業。そうこうしている間にバランスを欠いた歪《ゆが》みが恍一の世界を少しずつ壊していった。

兆候として、周囲にそれまでとは種類の違う不可解な出来事が頻発するようになった。自分が被害に遭うだけならまだしも、やがて龍一や嘉代まで巻き込んでしまった。

恍一とて、どうにか取り引きを完遂したいのである。自分にできる、ありとあらゆる努力もしている。身も心も、であるならば、身はとっくに差し出していた。

心も、——恐怖しか感じられなかった魔のモノの仰倉へ、今は、仰倉へ会いたい一心で、母屋の廊下を全力疾走で洋館へ向かうくらいには、差し出している。

仰倉さんに会いたい。今すぐに。

代々の玉造家の当主たちが本の声から逃れたい一心で増築に増築を重ね、まるで迷路のようになってしまった母屋の廊下を、ただいまの挨拶《あいさつ》もそこそこに全力疾走している自分。——北の裏門から帰れば仰倉のいる洋館は目と鼻の先だが、(どんなに面倒臭くても)玉造家の家人はぐるっと大きく道を迂回《うかい》して正門から出入りする。なぜならば、家人だから。裏口を使うのは使用人だからだ。という家訓を祖母からきつく言い渡されていたのだが、それには深い理由があった。それはただの作法ではなかった。破ってみて、初めてわかることもある。どうにか取り返しがついたので良かったが、結果的に厄介な災難を家へ引き込んでしまった。家人は正門を使うこと。それは昔からの形だけの作法ではなく、やれ正門までの距離が遠いの面倒臭いの等とそんなことはどうでもよくなる、なにが起きるか想像はつかないけれど引き込む可能性の高い厄介な災難や危機を未然に回避できる、重要な作法、一種の呪術であった。

急《せ》かれるような衝《つ》かれるようなこの仰倉への〝会いたい気持ち〟が、求められる〝不可能〟に見合うかどうかは、残念ながら、恍一にはわからない。

だが、不穏な話を耳にして、真っ先に会いたくなるのは仰倉だ。

この世で最も油断のならない悪魔なのに、皮肉なことに、この世で最も頼りになるのだ。

【ひとつ　けつしてなまえをよばぬこと】

スクールバッグに忍ばせて常に携えている『華王《かおう》の遺言』。父の形見で、恍一にとって護《まもりがたな》刀でもある本が、禍々《まがまが》しく警告して寄越す、仰倉も、そのひとりである。

キラトも仰倉も幾度か、恍一に自分の名前を呼ばせようと罠《わな》を仕掛けてきた。隙《すき》あらばと狡猾《こうかつ》に恍一の魂を狙《ねら》う油断のならない相手のひとり、であるはずなのに、こんなときは、気持ちが勝手に仰倉へと全幅の信頼を寄せてしまう。

ヒトには、克服すべき恐怖と、克服してはいけない恐怖がある。

仰倉に慣れてはいけない。表面上はどうあれ、腹の底では恐怖を感じていなくては。ただ闇雲に怖がるのはよろしくないが、怖くないのは、もっといけない。

『恍一さん。恐れつつ、わたくしを是非とも愛してくださいね』

それが長続きのコツだと笑った。

恐れつつ、愛する。

愛せているのかは、わからない。——恐れているのかも、もうよくわからない。

母屋の勝手口からサンダル履きで飛び出して、

「司書さん！　ただいま帰りました！」

仰倉さん、とは呼べないので、彼の職務を呼び名にし、中庭を挟《はさ》んだ洋館の南口（勝手口）のドアを、形ばかりのノックで急くように開ける。

そこは——。

真昼でも薄暗く、静かな海の底のような密なる体積を感じる空間。

林立する大量の書架《しょか》と、大量の本。

紙や古いインクの匂い。

まるで本の海の底のような洋館の、たいていは仰倉は、北側の窓辺、柔らかな光の差す作業用の机で、傷んだ本の修理をしていた。

今日もいつもの椅子《いす》に座り、白くて細長い手の中で、丁寧に、大切に、本の修理をしていた仰倉は、ふと顔を上げ、

「お帰りなさい、恍一さん」

恍一へと微笑《ほほえ》んだ。

悪魔の笑みほど信用できぬものはない。

感情を持たない仰倉は感情では微笑まない。

頭ではわかっていても、自分に向けられた微笑みは、仰倉のあまりに美しい造形と相俟《あいま》って、恍一の胸に静かな感動を与える。

しかも仰倉はお帰りと挨拶を返してくれただけでなく、わざわざ大事な作業の手を止めて恍一へと、歩み寄ってくれたのだ。

そして、

「なにかありましたか?」

長身の身を屈《かが》め、両腕ですっぽりと恍一を抱きしめて耳元で優しく訊いてくれる。

恍一はホッと目を閉じた。そして、抱きしめられるままに仰倉の匂いを嗅《か》いだ。

花のような甘い香り。

ヒトが調合した香水などつけるはずもない仰倉の、なのでこれは、仰倉の、香りだ。

「ありました。けど、話は、後でいいです」

今は、仰倉にぎゅうっと抱きしめていてもらいたい。話をするよりも、仰倉の温かなぬくもりに包まれて、花のようなこの香りを嗅いでいたい。

不安な気持ちを吐き出すよりも。

自分の身の内に、仰倉の温かな熱と香りをいっぱいに、取り込みたかった。


「はい！　恍一！　しつもんです！」

黄色く乾燥した落ち葉の積もる獣道のような細い道を、冬の寒さなど気にもかけず素足に草履でぱりぱりと踏みながら、元気良く朔《さく》が手を挙げた。――授業参観日の小学生のように。

さすがの嘉代でも最近は足袋《たび》を履いているのに。恍一などはセーターにコートを着ていた。自宅の庭を散歩しているだけなのだが、玉造の庭は自宅の庭を散歩していると表現するよりも野趣溢《あふ》れた山の斜面を散策しているのに近い。

だが朔は小学校に行ったことはないので、発言したいときには挙手をする、というこのルールを、いつどこで学んだのだろう？

あ。ぼくの部屋のテレビでか？　ドラマで見た、とかか？

ならば、
「なんですか、朔さん」
先生っぽく返すと、朔は楽しげに、うふふと笑う。
可憐《かれん》な朔が笑うと寒空に梅のつぼみがほころんだようだ。と、龍一がちょくちょく惚気《のろけ》るが、
恍一の前で恥ずかしげもなく惚気るので、「ナニ言ッテンダ、コイツ」と鼻で笑って返してやる
が、実際に、可憐な朔の笑みは可憐な花がふわっとほころんだようである。
可愛《かわい》い。
そして、朔の反応からするとどうやらドラマの読みは的中であった。——そうか、なら良かっ
た。引っ越しでテレビを持ち込んで。
母ひとり子ひとりのアパート暮らしでは、生活にテレビは必須だった。仕事帰りの母を待って
いるときの時間潰《つぶ》しであり、母との団欒《だんらん》の一助であり、賑《にぎ》やかな番組が流れているだけで部屋に
活気が溢れたからだ。
ところが、テレビを見るのが日常のひとこまだった恍一なのに、玉造の家での生活が始まると
テレビどころでなくなった。そもそも玉造の家にはテレビを見る習慣がなく、自分の部屋に置い
てしまったのも原因のひとつかもしれないが、恍一は寝るとき以外は滅多に自分の部屋にいなか
ったので、気づけばまったくテレビを見ない日が続き、見ないのがすっかり日常になり、大きく
て場所を取るだけのオブジェと化したテレビに、こんなことなら無理して引っ越しで持ち込まな

くても良かったし、処分するなりなんなりすべきかと思い始めていた矢先なのである。

なんと。恍一のテレビが朔の社会学習の足しになっている。良かった。

嘉代から、そろそろ日暮れてくる頃合いなのに朔が庭に出たきりと聞いて、恍一は急いで迎えにきたのであった。

仰倉によれば、玉造の庭には無数の目に見えぬモノたちが棲んでいるそうだ。恍一の母も気配としてここにいるし、苑《えん》のように、たまにヒトの姿をもって話しかけてくるモノもいる。それぞれの正体はわからないが、生気と活気に溢れ眩《まぶ》しいばかりの庭である、らしい。

恍一には、葉が落ちて枝ばかりの木々が目立つ、寂しい景色にしか見えないのだが。

不思議なことに、たまに朔を探して庭に出る恍一だが、いつもするすると朔のいる場所までこられるのである。目に見えぬなにかが案内してくれているのか、道なき道を微《かす》かな気配に促され促されし、簡単に朔をみつける。

朔を迎えにいくとき以外にそのような体験はしていないので、もしかしたら、庭に棲むモノたちの力だけでなく、朔の持つ不思議な力も影響しているのかもしれない。

ヒトとして生命が始まったはずなのだが、二十年近くも閉ざされた異世界で強烈な呪術を浴び続け、ヒトからは大きく変質してしまった朔は口からの食事を一切しない。仙人は霞《かすみ》を食べて生きているとどこかで聞いたが、朔は玉造の家に居ながらにして（主に、この庭で）、なにかしらのエネルギーを得て生存している。

けれども料理は張り切って習得している。龍一のためにだ。

その他の家事も張り切ってこなしている。楽しいらしい。

恍一と龍一が学校に行っている間は、嘉代さんに人間界の様々なことを習っている。庭の散策だけでなく、洋館の蔵書を借りてきては読んでいる、大変な勉強家なのである。

この世に生まれたばかりであるが、異世界では二十年近くを過ごしていたので、なにも知らない赤ん坊の部分と、恍一ではとても追いつけない熟慮を重ねた老成した部分と、その中間も含め様々な部分が混在しているという、大変に独特な存在でもあった。

あどけないのに、成熟もしている。

「恍一！　かみかくしってなんですか！」

どの場面でどの顔が飛び出すかは、予想もつかない。

今は小学校低学年くらいかな？

「むむむ。そこからですか」

訊かれるかもしれないな、とは思ったが。やっぱり訊かれたか、神隠し。「ぼくも詳しくないんだよ。不可解な行方不明事件のことを、昔からそう呼んでいたってことくらいしかわからないって言うか……」

腰まである銀色の艶《つや》やかでまっすぐな髪を、珍しく、今日は後ろで無造作にひとつに縛っただけのシンプルな髪形の朔は（朝に見たときはもっとこう、複雑でお洒落《しゃれ》な形に結われていたような気がするのだが）諸事情あって、男の子であるが、龍一のお嫁さんでもあった。

弟のお嫁さんは義理の妹と呼ばれるが、朔は男の子なので義理の弟？　――で、いいのか？

さておき。高校二年生の龍一は、法律的にはまだ結婚できる年齢ではないのだが、それは飽くまで日本の法律の話であり、朔と龍一に関しては、朔の素性が素性なだけに、法律はともかく、朔が男の子であろうと関係なく、龍一のお嫁さんで、玉造家の新しい家族である。

「……こういうの得意そうな龍一に解説してもらいたいところなんだけど、あいつ、まだ学校から戻ってないんだよね？」

ただひとりの家族である母を失い、嘉代さんの計らいで玉造家に引き取られてから恍一が中途入学した転校先の啓徳《けいとく》高校は、レベルでいくと真ん中よりやや下で、学校の雰囲気もガツガツ勉強をさせるという感じではないのだが、龍一の通っている東《ひがし》高校は有名な進学校で、しかも、そこでも龍一はトップに近い成績なのだそうだ。

家でガリガリ勉強しているところは見たことがないので基本的に頭が良いのであろう。というか、間違いなく、頭の良い弟である。

「まだです！」

元気に答えた朔は、答えたものの、急にしゅんと俯《うつむ》くと、「早く帰ってこないかなあ」

寂しそうにぽつりと続けた。

そして、ちいさく欠伸《あくび》をする。

透けるように色の白い朔の横顔を照らしていた黄色みがかった陽《ひ》の光が、徐々に赤みを帯び始めていた。秋の日はつるべ落としと言うけれど、冬ともなると、まだ初冬であっても日没時間はかなり早い。

相変わらず朔は、日没と同時にすとんと眠りに落ちてしまう。そして、夜明けまで目を覚まさない。

「朔、眠くなったんだったら、龍一の部屋に行ってるかい？」

朔の寝室は龍一の寝室でもある。

「まだ眠くないよ！　ぜんぜん！」

起きて龍一の帰りを待っていたい朔は全力で否定するものの、目の縁がほんのりと紅《あか》く染まっている。

かなり眠そうなのに眠くないと言い張るところが、いかにも幼い。

庭で眠られてしまっても、小学校高学年くらいの体型の朔は、しかも見た目よりも相当軽いので、非力な恍一でも抱きかかえて龍一の部屋に運ぶくらいは造作なくできるのだが、恍一が朔を抱っこしているのを龍一に見られると、面倒だった。

誰が見ても、寝落ちした子どもを（ある意味、赤ん坊であり幼児を）部屋へ運ぼうとしているだけなのに、ヤキモチ焼きの弟は簡単に嫉妬《しっと》するのだ。俺の朔に手を出すなと。

出してない。

部活に所属していない龍一は、たいていは、同じく部活動をしていない恍一と帰宅時間が重なるのだが、今日は違った。

帰りが遅くなるとは聞いていないので急に用事ができたのかもしれないが、本人の意志とは関係なく些細《ささい》なきっかけでぽんと異世界へ飛ばされてしまう龍一の、予定になく帰りが遅いのは、恍一としては少し気掛かりである。——朔の前では、朔に余計な不安を与えないよう気にしていないふうに努めているが。

おまけに、さっき、あんな話を聞いてしまったのだ。

神隠し。

近所でそんなことが起きるとは。

仰倉は、気にすることはないですよ。と、軽く流したが、全知全能っぽい仰倉がそう言うのならば事実そうなのかもしれないが、いかんせん、恍一は非力なただの人間なのである。未来を見通す力も異世界を見通す力もいざ災いが起きてもそれに対応する能力すらも、残念ながら、持ちあわせてはいない。

本の声は聞こえるけれど、それ以外は、むしろ平凡なひとりの高校生なのである。

なにがしかの対抗する力を付けるべく、また玉造家の跡取りとして龍一と釣り合いの取れる双璧と成るために嘉代の下で修錬を始めたけれど、まだまだなのだ。

なにごともないといい。

平和で安泰な日々が良い。

いつ寝落ちしても大丈夫なように朔と手を繋いでいたのだが、突然カクンと、朔の体が膝《ひざ》から崩れる。急いで抱き留め、見かけよりも遥《はる》かに軽い朔を難無く抱き上げると、──重量のほとんどは着物かもしれない──恍一は、龍一の部屋へ向かった。

眠っている朔の顔は、幼児のようにも見える。

玉造の豊饒《ほうじょう》な庭と、日没時間のすべてを使う長時間の睡眠が、朔の毎日を生き生きと支えているとして、それにしてものこの軽さ。

「朔に関しては、まったくの未知です。前例はありませんし、ヒトとしてもヒトでないモノとしても初めての存在ですから、わたくしにもまったくわかりません」

仰倉ですら、そう言うのだ。

この先、朔はヒトのように年月に伴い成長するのか？　寿命は？　食事は？

もう、普通の人間には戻れないのか？

つらつらと答えの出ない問いを巡らせながら龍一の部屋の前まできたときに、廊下の向こうから、帰宅時の恍一と同等もしくはそれ以上の勢いで龍一が全力疾走してきた。

ブレーキの替わりに靴下をはいた足の裏で廊下をつつつーっと滑って、止まる。

「お帰り、龍一」

「た、ただいま」

激しく呼吸をしつつ、恍一に抱かれてすやすやと眠っている朔を見て、「ま、間に合わなかったか……」

龍一はがくりと肩を落とした。

「ぎりぎりまで頑張って起きてたよ。龍一の帰りを待ち侘《わ》びながら」

教えると、龍一の表情が少し上がった。

「そうか?」

満更でもない笑み。

「どうせだから、このまま布団まで運ぼうか?」

訊くと、これまた珍しく龍一が、

「ああ」

素直に頷き、龍一の部屋の襖《ふすま》を開ける。朔が待ち侘びてたよ報告の効果か、ヤキモチを焼かれずに済んだ。

それどころか、

「俺が帰るまで朔の相手をしててくれて、ありがとうな、恍一」

礼まで述べる。

おお。効果絶大ってことか?

よし！　次からもこの手で行こう。

朔の眠りを妨げないよう布団にそっと横にして、

「龍一、もしかして学校で居残りさせられてたのか？」

こっそりと、からかいのつもりで訊いたのだが、不出来な恍一じゃあるまいし、と、やり返される前提でもあったのだが、

「……まあな」

龍一が曖昧《あいまい》に頷く。

「え。マジで⁉」

「しっ」

静かに。と低く窘《たしな》められて恍一は慌てて手で口を押さえたが、もちろん発したあとの大声が抑えられるわけではない。

龍一は、朔に布団の上掛けをそっと掛け、額のあたりを柔らかく何度も撫《な》でながら、

「ただいま、朔。遅くなってごめんな」

と、伝えた。

眠っている朔に挨拶が伝わるのかはわからないが、朔はしあわせそうに眠っている。

しばらく寝顔を眺めてから、龍一は通学用のリュックを勉強机に置き、首に巻いていたマフラーを椅子の背凭《せもた》れに掛けて、だが詰め襟《えり》の制服は着替えずに恍一を促して部屋を出た。

嘉代さんにまだちゃんとただいまを伝えていないのでこれから嘉代さんの部屋へ行ってくる。

という龍一を見送って、その後ろ姿にふと恍一は目が惹かれた。詰め襟の長い裾《すそ》、ズボンの後ろポケットのあるあたりが文庫本サイズに四角く膨《ふく》らんでいる。

読書家の龍一なので文庫本をポケットに入れて持ち歩いていてもなんらおかしくはないのだが、本そのものを大切にしている龍一が、圧のかかりやすいズボンの後ろポケットに本を突っ込んでいる、というのに、引っ掛かった。

「あんなところに入れてたら傷みそうなのにな」

引っ掛かりはしたが、本とのつきあい方は人それぞれである。ページのどこにも皺《しわ》ひとつつけずにいることが愛であるという人もいれば、心に残る部分に片端から線を引き、何度となくその部分を読んで味わう、というのも愛である。

唐突に、見慣れた景色に放り出された。ドンと強く背中を押されて。

押し出してくれた少年は、——紗理奈は咄嗟《とっさ》に背後を振り返り、そこに少年の姿はなく、ただ夕暮れのいつもの住宅街が広がっていることに、安堵《あんど》と共に動揺した。

あの少年は——詰め襟姿の高校生は、いったいどうなってしまったのだろう……？

仕事帰りの夜道で母に呼ばれ、——母に呼ばれたと、思ったのだ。気づけば深い深い霧の中にいた。薄暗いだけでなくコートを着ているのにひどく寒かった。

そこがどこかもわからず、動いていいのか歩いていいのか、それもわからず、怖くてその場に立ち竦み、ひたすら助けを求めて家族の名を呼び、そうしてどれくらい経《た》ったのか、唐突に少年が目の前に現れたのだ。片手に文庫本を握り締めていた少年は、問答無用で紗理奈の背中をドンと押した。

助けてもらった。

それは、わかった。

けれど自分の身に起きたことの、なにひとつも、わからなかった。

紗理奈ちゃん。と、自分の名を確かに誰かが呼んだのだ。

でも、誰が？

あの深い霧のひどく寒い場所はどこなのだ？

あの少年は、どうして紗理奈の危機を救ってくれたのだ？　どうやって？

わからないことばかりだが、紗理奈は安堵のあまりにへなへなとその場へしゃがみ込んだ。——涙が、次から次へと溢れて止まらない。

いくら人通りがないとはいえ、住宅街のアスファルトの地面に座り込むなど生まれて初めてである。いや、人目があったとしても、座り込んでいたはずだ。
体が震える。
ひどくひどく寒かった。それだけでなく。
怖かった。
なにが起きているかがわからず。
絶望という言葉の意味を、とことん噛《か》み締めた。
と、コートのポケットのスマホが震えた。
かじかむ手で急いでスマホを取り出すと、着信は母からだった。
「……ああ」
繋がる。繋がってる。
紗理奈は急いで受信ボタンに触れる。
帰ってきた。
帰ってこられた。
お母さん。
「お母さん、……ただいま！」

秋の実り

「照れてるんだよ」

と龍一《りゅういち》は言うが、恍一《こういち》と顔を合わせるたびにささっと龍一の背中へ隠れてしまう朔《さく》に、――嘉《か》代《よ》さんには、こちらの世界へきた瞬間から懐いたのに？　――恍一の心中は複雑であった。

照れてるのか？　………嫌われてないか？

もし嫌われていたとしたら、かなり切ない。

朔にしてみたら、生まれたばかりで、なにもかもが新しい環境で。未熟ながらも人生の先輩として恍一もあれこれ助けてあげたいのに、――隠れられてしまうのだ。

切ない。

それでなくても、玉造《たまつくり》家へかなり特殊な形で嫁いできたとはいえ朔は龍一のお嫁さんなので、その日から朔は龍一の部屋で一緒に寝起きするようになり、恍一が龍一と過ごす時間ががくんと減り、しかも龍一ときたらなにかといえば朔、朔、と、気遣ってばかりいるし、朔に龍一を取られてしまったとか、そんな情けないふうに思ってはいないが、要するに、あっちもこっちも寂しいのであった。

そんなこんなで、朔を迎えて初めて訪れた秋の連休。

凪のない穏やかな陽気の、本日は、恰好《かっこう》の作業日和であった。

「恍一、このあたりの落ち葉はそれぞれの木の根元に寄せておいて欲しいんだってさ」

メモを見ながら龍一が指示を出す。

日に日に秋が深まってゆく玉造家の庭。鮮やかに紅葉が進み、落葉樹の落ち葉の量や、裸の枝の本数が目に見えて増えた。

基本的に、母屋の南側に広がる山林のような庭は、放置、というか、人間の手を入れない方針なのだが、ときどきリクエストが発生する。この庭に棲むモノの中でヒトの形を取ることができ且《か》つヒトの言葉を話せる苑《えん》が取りまとめて嘉代へお願いをし、庭師などのプロフェッショナルは頼まず飽くまで玉造家だけで行うのが恒例なのだが、今回から少し様相が違ってきていた。

作業するメンバーに恍一が増え、朔をひょいと抱っこした苑が、作業を手伝いもせずに「たかい、たかーい」と調子を取りながら、楽しげに空中を飛び回っている。

高い高い、は、ヒトの大人が幼子によくやってあげる遊びだが、ヒトでもなく、ずっと玉造の庭にいてどこにも出掛けない苑がその遊びをどうやって仕入れてきたのかは謎なのだが、さておき、こんなに本格的な「たかい、たかーい」は、なかなか他に類を見ないであろう。

「苑！　調子に乗って朔を落とすなよ！」

従って、龍一の心配はそればかりだ。

「イヤですよぅ、落としませんよぅ」

これみよがしに、龍一の頭上をさーっと通り過ぎながら苑が答える。

異世界から玉造家へやってきたばかりの朔は、どうやら、言葉を使った新しい家族とのコミュニケーションよりも、ヒトの言葉を話さない有象無象のモノたちとの意志疎通の方がスムーズなようで、（同じ新参者でも）恍一や、長年ここに住んでいる龍一でさえ体験したことのないアトラクションを、子どもらしい嬌声《きょうせい》を上げて楽しんでいた。

羨《うらや》ましい。――恍一だとて、朔と楽しく遊びたい。

「いいなあ」

つい、漏らすと、

「苑に頼んでやろうか？　恍一も空を飛びたいってさって」

「そっちじゃない」

「ああ。なるほど」

実に羨ましい、あの距離感のなさ。

「ていうか龍一、ぼくは、飛ぶのは怖いよ。万が一にでも落ちたらと思うとさ」

名前を呼んで魂を取られるのとはまた別に、苑に命を預けるリスクが発生するということではないか。わざと落とされなくても、うっかり落ちても、無事では済まない。「なのに朔、ぜんぜん怖がってないね」

「それどころか、あっちこっち指さして、苑に連れて行ってもらってるもんな」

清々《すがすが》しく澄んだ秋空を、けっこうなスピードで飛び回っている。

「……いいなあ」

「なんだ恍一、やっぱり飛びたいんだな？」

からかうように笑う龍一へ、

「なんかさあ、なんか、度胸があるというか、ぼくたちとは根本が違うっていうか。朔って、本当に普通の人間じゃないんだね」

恍一はしみじみとした。

普通の人間じゃない。は、決して誉め言葉ではないが、

「しかも、見た目より相当に軽いからな」

それをきちんと事実として受け止めている龍一は気分を害することもなく、「朔の内臓って、どうなってるんだろうな。ちゃんと全部、揃《そろ》ってるのかな」

と、続けた。

内臓⁉

「やめろよ龍一、そういうナマナマしい話」

しかも、全部揃ってるのかな、とかって。朔はああして動いているのだから、俄然《がぜん》、オカルト

っぽくなるじゃないか。

「でもシンプルに不思議だろ？　かれこれ二十年近く、口からなんにも食べてないんだぜ」

にもかかわらず餓死もせず、見た目も小学生の高学年くらいにまで成長していた。「しかも、今もなんにも食べずにいるんだぜ」

朔が初めて口にしたのは、そして今も口にするのは、龍一のキスだけである。——思い出すと全身がボッと火照《ほて》ってくる。

いやいや。作業、作業。

「恍一！　リクエスト、けっこう溜《た》まってるから、ちゃちゃっと片付けてくぞ」

気合を入れて、取り掛かる。

落ち葉を掻《か》いたり、天然の藤棚の蔓《つる》を安定した形に整えたり、桜の木の根元のひこばえを適宜剪定《せんてい》したりと、てきぱきと作業を進める。

「なあ龍一、桜の木って、切ったらいけないんじゃなかったっけ？」

「ああ。桜折る馬鹿　柿折らぬ馬鹿って？」

「うん。ん？　柿？　梅じゃなかったっけ？」

またしても思い違いか？　アタマの悪さが露呈したか？

「柿でも梅でも、どちらも正解らしいよ。古くから言われてるのが柿なんだってさ」

良かった。間違ってなかった。

「へえ、柿の言い回しの方が古いんだ。さすが龍一、物知りだね」

「どういたしまして。柿にしろ梅にしろ、切った方がより栄えるって意味だってさ」

「よりたくさん実をつけるってこと？」

「らしいぜ。それと、実のなる木には表の年と裏の年が交互にくるだろ？」

「……表の年と裏の年？」

「たくさん実をつけた翌年は実が少ないんだよ。で、その翌年はまた多い。それを毎年交互に繰り返すのさ」

「へええ。そうだったんだ」

「前に嘉代さんが教えてくれたんだけどさ」

玉造の庭の木の実が季節のはしりに食卓へ上がったときに、「木の上の方の実は野鳥へ、下の方の実は地上の獣たちへ、真ん中あたりが人が食べる実。ってさ」

『一本の木になる実を、みなで分け合っていただくのですよ』

「……いいな。それ」

「だろ？　庭の木は果樹園で栽培してる木とは違うもんな。だから、うちの庭の実のなる木は、真ん中あたりからしか取らないんだよ」

「わかった。ぼくも、そうするね」

尤《もっと》も、恍一の身長の二倍以上はありそうなすくすくと育った柿の木などは、真ん中辺りですら恍一には取れそうにない。比較的低木の甘柿はともかく、渋柿は無理だ。木登りはまったく得意ではないのである。

すると、

「恍一さまぁ」

頭上から苑に呼ばれた。

振り仰ぐと、軽々と朔を抱っこした苑が、

「降りまぁす」

言いながら、恍一の目の前へふわりと着地した。

とんと地面に降り立った朔は、艶々でぷっくりとした立派な渋柿の実がひとつなっている細い小枝を胸の前で大切そうに両手で持ち、それを恍一へ差し出した。

「――ぼくに？」

訊くと、朔は恍一を見上げてこくりと頷く。

逃げない。話しかけても龍一の背中へ隠れることもなく、朔は恍一と目を合わせてくれた。

それだけでも感動ものなのに、

「ありがとう、朔」

プレゼントまでもらってしまった。

嬉《うれ》しいなあ。――でも、なんで？

「朔、俺の分は？」

すかさず龍一が訊く。ごもっともである。

「かきアヤネの」

「あやね？」

あやねって、文音《あやね》？　恍一の母親の名だ。「この柿、ぼくの母のものなのか？」

「コーチャンに」

「こーちゃん？」

『恍ちゃん』

恍一のことをそう呼ぶのは世界中で母のあやね、ひとりきりだ。

恍一は思わず空を見上げた、母の気配を探して。だがそう簡単にキャッチはできない。

「朔？　こーちゃんにってことは、もしかしてこの柿、おかあさんが、ぼくに？」

「なんでもぉ、庭で一番美味《おい》しい柿だそうですよぉ」

ヒトの言葉の達者な苑がフォローしてくれる。

「でもそれ渋柿だろ？　渋を抜かないと食べられないぞ」

龍一が言う。

「渋抜きとかどうでもいいよ」

そういうことじゃない。

そうじゃない。

「しぶない」

朔が言う。

「え？　朔、これ、渋くないの？　渋柿なのに？」

「アヤネおいしいって」

「おかあさんが？　ええっ!?　朔、ぼくの母と会話ができるのかい!?」

ほんの僅《わず》かな気配でしか存在していない、母の文音。会話どころか恍一には、ほんのたまにしかその気配すら感じられないというのに。

その母から、伝言と、取って置きの柿を届けてくれた朔。

「朔。——すごいよ、朔！」

同時に届いた、母からの変わらぬ愛。

おかあさん、ぼくの一方通行なだけじゃなくて、おかあさんもぼくのことを思い、見守ってくれていたんだね。

「朔、朔、ありがとうっ！」

思わず引き寄せ、ぎゅっと抱きしめると、

「こらこらこら。朔は俺のお嫁さんなの。勝手にハグするなよ恍一」

龍一がはがしにかかる。

「邪魔するなよ。今の感動の場面、見てなかったのか、龍一」

せっかく、朔に逃げられも嫌がられもせずにいるのに。

「見てたよ。それは母親から恍一への贈り物ってことだろ？」

「だったら——」

「それとこれとは別だ」

「よせ。力尽くはヤメロ」

「恍一こそ、俺の朔にいつまで抱きついてるつもりだ」

「龍一こそ、りょーけん狭過ぎっ。ぼくだって朔の家族だぞ」

やれやれ。とんだヤキモチ焼きだな、コイツ。

仰倉《おおくら》の虜は卒業したはずなのに。ひょっとして、ヤキモチ焼きは虜だったからじゃなく、もともとヤキモチ焼きなのか？

いつも涼しい顔しちゃってるけど、そうか、天然のヤキモチ焼きっ子なのか。かわいいじゃんか、龍一め。

じたばたと攻防を繰り広げていると、恍一の腕の中で朔がけらけら笑いだした。そういう遊びと思われたのか、恍一の腕に手を掛けてその場でぴょんぴょんちいさく跳ねる。

かわいい。

おかあさん。

おかあさんのおかげで、ぼくは今、朔と笑い合っています。

新しい家族と仲良くなれるきっかけを作ってくれて、ありがとう。

取って置きの柿もありがとう。

おかあさん。

「大好きだよーっ！」

後継者たち

正面玄関に回るよりもよっぽど北門から洋館へ行く方が近いのだが、体調がすぐれないときは北門までの一本道でさえとても遠く感じられる。

「はあ。やれやれだわ」

寒くなり始めるとどうしても体のあちらこちらに不具合が出る。どこが悪いわけではなくとも、体がうまく動かない。たかが近所に回覧板ひとつ届けるだけなのに、けっこうな労力が必要だ。

なのに、嫁ときたら、

「お義母《かあ》さん、寒くなってきたからって家に閉じこもってばかりいないで、美容と健康のためにお散歩がてら玉造《たまつくり》さんちに回覧板届けてきてくださいよ」

こちらを気遣うふりをして、自分は家事が忙しいんですそれくらい手伝ってくださいね。と、暗に圧力をかけてくる。

いつでも嫁の言いなりというわけではないが、確かに運動不足は体によくない。秋が深まるにつれて外へ出るのが億劫《おっくう》になってきたのも事実である。

母屋には足を踏み入れたことが一度もないのでそちらの様子は知らないが、別館である洋館の玄関ドアは（不用心にも）いつでも開いていて（おかげで届け物のときは助かるけれども）、声を掛けて返事のないときは玄関のどこか適当な所へ回覧板を立て掛けて帰るのだが、たまに、ものすごくハンサムな外国人男性が受け取ってくれる。洋館の管理を兼ねて住み込みで働いているという、目が合っただけでぽーっとのぼせてしまうくらいの良い男だ。外国人なのに日本語がぺらぺらで、いつでもにこにこと愛想も良い。

それが楽しみといえば楽しみだが、必ず会えるわけでもない。

「……それにしても」

ふう。と、思わず息が零《こぼ》れた。

さて北門に着いたものの、ここから洋館の玄関までもそこそこの距離がある。ここらへんの家は門があっても玄関までほんの数歩だし、ほとんどの家には門などない。

本当に玉造の家は広大だ。

ようやく着いて、よっこらせと洋館の玄関を開け、

「ごめんくださーい。回覧板お願いします」

昼間でも薄暗い館内へいつものように声を掛けると、

「はーい」

遠くから愛らしい子どもの高い声が返ってきた。

「あら？」

この家に、子どもなんて？

と、ぱたぱたと廊下を走って、薄闇から浮かび上がるように鮮やかな着物姿の肌の白い異国の少女が、にこにこと現れた。——本当に子どもである。

玉造家には主《あるじ》の嘉代《かよ》さんと高校生の孫がふたりで住んでいる。男の子である。幼い頃から出来が良くて賢いと評判の孫息子は、抜群の見た目の良さもあり、このあたりの少女たちの憧れの的だ。最近になって遠縁の同じく高校生の男の子を引き取ったとの噂《うわさ》を聞いたが、高校生の男の子ではなく、女の子だったのか。それも、小学生？　行っていて、せいぜい中学生だろうか？

「こんにちはー」

薄暗い館内にあっても輝くような艶《つや》やかな銀色の長い髪をさらりと揺らして、少女がていねいに一礼する。

「あ。はい。こんにちは」

間近にして、驚いた。なんと美しい少女だろう。まるでお人形さんのようだ。

「かいらんばん？　おねがいします？」

少女が訊《き》く。たどたどしく。

ああ、あまり日本語が達者ではないのだな。——だとすると、この子は遠縁の高校生の男の子とは別の、住み込みの外国人の縁者かもしれない。その方がしっくりくる。

「これ。町内のお知らせ。これを、嘉代さんに渡してもらえる？」

言い方を変えて説明したが、

「ちょうないのおしらせ？」

またしても少女は首を傾《かし》げる。

仕方なく説明するのは諦《あきら》めて、

「嘉代さんに、これを」

と、回覧板を差し出すと、それを両手で受け取って、

「はい。おばあさまに」

少女がようやく頷《うなず》いた。

良かった。やっと通じた。――って。おばあさま？

あら、じゃあやっぱり、引き取ったのは、この子？

旧家の玉造家は謎に満ちた家系である。近所付き合いはまめではないが、疎《おろそ》かにもしていない。地域の会合に嘉代は毎回きちんと参加しているし、近寄りがたい雰囲気の持ち主だが気難しいわけではない。

けれど、嘉代と井戸端会議をしたことのある者は、ひとりもいない。

同じ地域に住んではいるが、住む世界の格が違うのであった。

遠縁に外国人がいる家は、最近はさほど珍しくもないのだろうが、住み込みの外国人はさてお

き、古色蒼然《そうぜん》としている玉造家の縁戚に外国人がいるとは、大変に意外であった。

知りたいことが山ほど浮かぶが、初対面の子ども相手に根掘り葉掘り訊き出すのは、さすがに大人として憚《はばか》られた。

けれど、名前くらいは良いだろう。

「お嬢ちゃん、お名前は?」

訊くと、

「朔《さく》、です」

はきはきと、少女が答える。やけに嬉《うれ》しそうに。

釣られて笑顔になって、

「さく? さくちゃん?」

訊き返すと、

「はい。朔、です」

少女はますます嬉しそうに、「あのね、こういうじなの」

指で漢字まで教えてくれた。

「ああ。朔。朔の月の朔ね。風流な名前ねえ」

「おとうさんと、おかあさんが、つけてくれたの」

「まあ。そうなの」

両親が子どもの名前をつけるのは普通のことなのに、これまた、つい釣られて、「キレイな名前を付けてもらって良かったわねえ」と、誉《ほ》めてしまった。両親のどちらかが日本人で、それでわざわざ漢字の名前をつけたのかしら、と思いつつ。

少女は肩を竦《すく》めてふふふとはにかむ。——なんて愛らしい。

「それじゃあね、回覧板よろしくね」

ほんわりとした春の陽《ひ》のような朔の笑顔にほんわりとした心持ちになり、ほんわりとした心持ちのまま、挨拶《あいさつ》をして玄関を出る。

それにしても、なんて美人さんなのだろう。

外国人なのにあんなに和装が似合って。嘉代さんも普段から和服姿だから、玉造家では女性は和服で、と決まっているのかしら？

七五三の晴れ着以外に自分もちいさい頃は普段使いの着物をよく着ていたし、嫁ぐときには、親が何枚か立派な着物を作って持たせてくれた。

すっかり箪笥《たんす》の肥やしになっているけれど。

「たまには、着てみようかしらねえ」

若い頃の柄だけれど、ずっと着られるように派手なものではなかったはずだ。

と、気づくと、いつの間にやら我が家の前。着物のことをあれやこれやと考えている間にすたすたすたと、帰ってきていた。

なんの苦もなく。

あんなにかったるかったのに？

行きよりも帰りの方が、時間を取るはずなのに？

しかも、気のせいでなく体のあちらこちらが軽かった。

「あらあらまあ、いったいどうしたことかしら？」

いきなりがしっと腕を摑《つか》まれ、

「逢坂《おうさか》くん。――訊きたいことがあるんだけど」

やけに低い声で（スゴまれたってことなのか？）菜穂《なほ》が訊いた。

放課後のクラスで。帰り支度をしている最中に。

玉造家に正式に引き取られているのだが、恍一《こういち》の名字は以前の逢坂のままだった。逢坂恍一。

嘉代に、光栄にも玉造の跡取りと認めてもらえたのだからそれを機に名字も玉造にすべきかと思

ったのだが、仰倉《おおくら》が、

『玉造恍一も良いですけれど、逢坂恍一の文字の並びは、美しいですねえ』

と言ったから、そのままにした。

美しい。

そんなことを言われたのは初めてなのだ！　しかも、仰倉が、仰倉に、誉められたのだ！

「どういうことなのか、説明してもらいたいんだけどっ」

恍一の腕を摑む菜穂の手に、更にぐぐっと力が入る。

「ったた。なに？　え？　なにを説明すればいいの？」

「朔ちゃんて、誰？　龍一《りゅういち》くんのお嫁さんって、どういうこと？」

「はい？　――え？」

どうして菜穂が朔のことを知っているのだろうか。

「私たちみんなの龍一くんに、どうして突然、お嫁さんができるわけ？」

「あ。龍一って、みんなのものなんだ？」

そうか。さすがモテる男は違うな。高校も違うのに、中学まで同じだったってだけなのに現在進行形なんだ。

「もうじき冬休みでしょ？」

「うん。そうだね」

「遊びに行ってもいいかしら」

「って、どこへ？」

「逢坂くん、あれから龍一くんちに引っ越したんだそうじゃない。クラスメイトが引っ越し先に遊びに行っても、ぜんぜんおかしくないわよね？」

「おかしくはないけど、……なんで？」

「なんで？　逢坂くん。私の話、ちゃんと聞いてた？」

「聞いてたけど、でも、関係ないだろ？　龍一のお嫁さんが誰であろうと、それは龍一が決めることだし、外野が四の五の口出しすることじゃないし」

「なーんーですってぇぇぇぇぇ！」

「たたたたたたっ！　痛いって！」


「そりゃあ災難だったなあ、恍一」

翔太《しょうた》が同情してくれる。

本日も、ふたりで徒歩で下校していた。

龍一と翔太は学校ベースの幼なじみだが、翔太と菜穂は家がお隣さんの幼なじみであった。一緒の風呂に入ったこともあるそうだ。――菜穂からは黒歴史と呼ばれているが。

「でもさあ、俺たちまだ高二じゃん？　結婚できる年じゃないよな。冷静に考えなくてもわかりきってることなのに、なのになんだってあんなにムキになって怒ってたのかなあ、菜穂のヤツ。龍一がホントに結婚したわけでもないのにさ」

「だよね」

恍一は大きく同意して、「菜穂ちゃんが龍一と付き合ってて、二股かけられてたって言うならあそこまで怒るのもわかるんだけどさ」

「だよなあ？　あいつら、菜穂とか菜穂の女友達とかな、龍一のことになるとすぐカッカするからかなわねーや」

「モテるってのも、大変だね」

「モテないってのも、切ないけどな」

翔太の冗談に恍一は笑った。

「うん。確かに」

以前の恍一ならば、龍一との待遇の差にどよんと落ち込んでいただろう。半分も血が繋《つな》がっているのにこの差って？　と。「でも、羨《うらや》ましいけど、そんなでもないかなあ」

女子にきゃーきゃー騒がれる人生は想像しただけでも楽しそうだが、それよりも恍一は、仰倉とのことをどうにかしたい。

仰倉が、恍一のことを心から愛してくれたらどんなに素晴らしいだろうか。――ヒトのような感情《こころ》を持たない悪魔にそれを望むのは、それこそ不可能なのだが。

「わかった」

翔太がにやりと笑う。「さては、好きな人ができたな恍一」

「えっ⁉」

好きな人？

――好きな人？

「好き、なのかな……？」

「なんで俺に疑問形で訊くの。わかんないよ、本人じゃないんだから」

「でも、そう見えたんだろ？」

「じゃあ訂正する。一瞬それっぽく見えたけど、相手がいるかもわかんないし、ぜんっぜんわかんないよ」

「でも、一瞬でも、そう見えたんだよね？」

しつこく食い下がる恍一へ、降参気味に、

「なんとなくそういう空気だったからさ、さっきの恍一」

翔太が認める。

「そうなんだ？　へへへ」

ふんわりとした肯定なれど、恍一はとても嬉しくなった。

初恋もまだだったのに。

恋がどういうものかも、よくわからないのに。

わからないけど、……好きなのかな。

好きだといいな。

もしこの気持ちがちゃんとした〝好き〟に値するなら、不可能が不可能でなくなったのなら、遂に取り引きは成立するのかな？　もう歪《いびつ》な事件も起こらずに、誰のことも巻き込まなくて良くなるのかな？

だったら嬉しい。

「そういえば！　恍一、前に話した神隠しの！　助かったんだってよ！」

突然の話題転換。

「そうなのか⁉」

翔太としてはなんでもいいから別の話に切り替えたかったのかもしれないが、これまた嬉しい話である。

「消えたのとおんなじ場所へポンと戻ってきたんだってさ。すごくね？　奇跡だよな」

「うん。すごい。奇跡だよ」

恐ろしい出来事ばかりでなく、奇跡の展開ってあるんだなあ。

朔に教えてあげるために、恍一なりに調べてみた。

神隠しで消えた人々の中には、数年後とか十数年後とか数十年後に、いなくなったときとまるきり同じ姿で戻ってくることがあるらしい。神隠しの神とは特定の神様を指すのではなくて、ヒトの仕業ではないとの言い換えらしい。他にも似たようなケースで宇宙人に攫《さら》われて宇宙空間を光速移動していたから年を取らなかったんだ説とか、過去や未来にすこんと飛んだタイムリープ説とか、並行世界とかいう別の次元に迷い込んだ説とか、いろいろあるが、どれだとしてもちゃんと戻ってこられたなら、しかも浦島《うらしま》太郎《たろう》のように、戻ってきても縁者が誰もいなかった、などという悲しいオチではなく、さほどの時差なく元の世界に無事に戻れたのならば、こんなにめでたいことはない。どこの誰かも知らないけれど、知り合いであるなしにかかわらず、無事に家族の元へ帰れたのならこんなに喜ばしいことはない。

本に飛ばされた異世界から、気配としてだけでも戻ってこられた恍一の母。姿形は失ってしまい、二度と元の姿の母とは会えないけれど、話もできないけれども、それでも、僅《わず》かでも戻ってこられたことは、これ以上にない幸いである。

消えたときのままで戻ってこられたとしたら、それはもう、これ以上ない幸い以上の幸いである。――変な日本語だけれども。

「もしかして、それも目撃者の談？」

ふわわっと現れたのを見ていた人がいたのだろうか。

「いんにゃ。目撃者はいなくって、本人の談」

「本人の談かー。じゃあ確かだね」

経験談ということだものな。

それにしても、本当に情報が速いというか、噂に聡《さと》いな、翔太は。

「なあ翔太、そういう話ってどこから入ってくるのさ。ぼくはまったく知らなかったよ」

消えたことも、戻ってきたことも。

「ええー？　だってうち客商売じゃん。噂話なんて寝ててもがんがんに入ってくるさ」

そうでした。大型スーパーのレジとは違い、個人商店が並ぶ商店街は、客と店員とが雑談しつつのんびり買い物をするのが定番である。

「もしかしてニュースにもなってる？」

「なってるし、神隠しから帰還したってんなら、あれだよ、週刊誌？　そういうのにも追いかけ回されちゃってんじゃね？　――うわあ、可哀想だな、それ」

自分で言って同情までする心優しい翔太へ、

「大変な思いをした人は、そっとしておいてあげたいよね」

「だよなあ。そりゃあ、どんなんだったか詳しいことは俺だって知りたいけどさ、金儲《もう》け目的の連中にゲスくあれこれ訊かれたら、すんげー可哀想だよな」

「うん」

「んー、でさ……」

翔太が、言い難《にく》そうにもじもじしてから、「言ってること矛盾してるかもだけどさ！　龍一のお嫁さんってどんな感じの女子？　朔ちゃん、だっけ？　恍一、写真撮ってないの？」

立て続けに訊く。

「──はああ？」

「呆《あき》れるな。わかってるから。でも呆れるな恍一。だってしようがないじゃん。菜穂じゃなくても興味あるって」

「それはそうかもしれないけどさ」

「会わせてくれとは言わない。俺は菜穂ほど図々しくない。けど、だからさあ、せめて写真？」

「ないよ、写真なんか」

「撮ってないのか？　一枚も？」

「撮ってないよ、一枚も。だいたい、勝手にそんなことしたら龍一にヤキモチ焼かれて面倒なことになるよ」

「あの龍一が!?　ヤキモチ!?」

驚いた翔太は、「すっげー新鮮なワードを聞いた。あの龍一が、ヤキモチ焼くんだ？　ふえええ、すんげー見てみたい！」

「ぼくは見なくていいな」

面倒は極力避けて生きたい。

すると、

「お願い恍一クン。朔ちゃんの写真、撮ってきて？　親友へのクリスマスプレゼントに」

一転、哀願モードで攻めてくる。

「却下だって言ってるだろ。なにが親友へのクリスマスプレゼントだよ」

素っ気なく断って、「——親友？」

親友って、——親友？

聞き慣れない単語に、恍一はまじまじと翔太をみつめてしまった。

当たり障りのない友人なら（クラスメイトなどはその代表格だ）いくらでもいたけれど、本の声に常に苦しめられていた恍一には〝普通の生活〟が難しかった。学校などの公共の場だけでなく、どこへ行っても、誰の家へ遊びに行っても本はある。書籍だけでなく雑誌も本だ。家電の取り扱い説明書も、恍一にとっては本である。

仲良くなってせっかく家へ遊びに呼んでもらえるようになっても、たいてい長居ができない。ときにはものの数分で逃げ出してしまうこともあった。おかげで、場の空気を壊さないようにそこから離れる適当な言い訳を作るのは上手になったし、ある程度の声ならば無理なく我慢できるようにもなったのだが、どのみち出たとこ勝負のそのような状況では、安定した関係の、親しい友達を作るのは難しかった。

憧れの単語だったのだ。——親友。

自分には一生できないものだと思っていた。

龍一のことを、兄弟ではあるが親友っぽいなと嬉しく感じたときもある。けれど朔との一件でスペックとしてはあらゆるものが龍一の方が上だけれども、優秀でしかも潔いがゆえにひどく危うい龍一を、自分が（兄として）なんとしても護《まも》ってやらねばと、つまり、助けてあげねばならぬ対象として認識を新たにしたのだ。

親友のような兄弟だけれど親友ではない。恍一は、龍一の兄である。

そうけじめて、けじめたことは正しいと直感していても、初めてできた親友を失ったようで、ちょっぴり寂しかった。

「今、親友へのクリスマスプレゼントって言った？」

なので尚更《なおさら》憧れの単語なのだ、親友。

「言った言った」

翔太はあっけらかんと頷くと、「もはや俺と恍一は親友だから。こんなに気が合う奴は、滅多にいない。——な！」

ぽんと、手袋をした手で恍一の肩を叩《たた》く。

ああ、だが、しかし。

「……胡散《うさん》臭い」

うまいことを言って乗せる気だな。不実な奴め。

「なんだよお、その態度。気が合うのはホントだろ？　そんなに疑わなくたって」

「こんなタイミングで言い出す翔太が悪いんじゃないか。疑われて当然のコースだろ」

「よし。わかった。だったら別のタイミングでまた言う」

切り替えの早いちゃっかり屋の翔太は、「だからさ、それはそれとして、俺へのクリスマスプレゼントに、どうかな？」

あの手この手とまだ粘る。

「あのさ」

こいつ、諦めないなあ。「翔太は龍一と長い付き合いだからわかってると思うけど、あの家にクリスマスの習慣はないからな。当然、プレゼントのやり取りもないから」

言うと、「あ」と、口を開けた翔太は、

「……そうだった」

愕然《がくぜん》と、恍一を見た。――大袈裟《おおげさ》である。

「そうかー、クリスマスにかこつけられないんだったー」

「わかってもらえて良かったよ。では、潔く諦めてください」

勧告すると、

「ちぇー」

翔太はちいさく口を窄《すぼ》めた。が、「お年玉としてでも、俺はぜんぜんオッケーだけど?」と、甘える。

——粘り過ぎだよ!

好きなときに好きな本を好きなだけ持ち出して読んでもよい。

との許しを得ている朔は気が向くとふらりと洋館にやってきて、仰倉とは特に会話をすることなく、膨大《ぼうだい》な本の中から目に留まったものを抜き出して、仰倉とは特に会話をせぬままに、仰倉が作業している机に本を開いて読み始める。

わからない文字や単語が出てくると、そこを指さし、目で尋ねる。

朔は仰倉を恐れているふうではないのだが、あきらかに、家族であり人間である嘉代や龍一や恍一と、ヒトではない仰倉とでは、対応が違う。

猫のようだな、と、仰倉は思う。

朔は飽くまで自分のペースで、自分のやりたいように、洋館の中を動き回る。

たまに、仰倉の作業を興味津々《しんしん》に眺めるのに没頭し過ぎて、近くでもっとよく見たくなったのか、椅子《いす》に座る仰倉の膝《ひざ》へとくるりと潜り込んでよいしょと座る。

さすがの仰倉も意表を衝《つ》かれ、――朔の頭で視界が塞《ふさ》がれ、仰倉としては作業を進めにくくなったのだが。

そういうところも猫のようだ。

朔は仰倉の本当の名を、ヒトには到底発音できないはずの名を、正確に、発音できる。

一度、口にしてそれ以来、二度と本当の名で仰倉を呼ばない。

呼ばれたときに、――朔ならば発音できてしまいそうだなとの予感はあったが、なにかのときに他意なく呼ばれて、そのとき、自分はどんな表情をしていたのだろう。

ヒトの世にいる間は誰にも名は呼ばれない。それが、快適であった。

知らず、不愉快な表情をしたのかもしれない。嘉代でさえ知らない（そも嘉代には知るつもりが毛頭ないが）仰倉の本当の名を、どうして朔が知っていたかは、さほど重要な問題ではない。むしろ玉造の敷地に棲《す》む数多《あまた》のモノたちはみな、仰倉の本当の名を知っている。ユキもだ。名の音を、正確に聞き取れないしヒトには発音もできないが、仰倉は、仰倉という名を、ヒトの世では好んで使っている。

特に意味はない。

呪術のような効力もない。

仰倉がその名を好むから、数多のモノたちも仰倉を「仰倉」と呼んでいた。仰倉の好みを尊重して。それが玉造家に共に棲む彼らの礼儀である。

食事をしない朔といると、ヒトとの調和を取るためだけに食事をしていた仰倉は、気にせず、本の修復ができる。ヒトではないモノたちは洋館の中へもふわふわと漂ってきて、かまって欲しそうに朔にまとわりついたりするのだが、朔は概《おおむ》ね気にしない。たまに、くすみを、消してあげたりはしている。

「朔は、本とは話さないのですか?」

ずっと気になっていた問いを、仰倉は朔へ、投げかけた。

明るい日の差す南の窓際で床へ直《じか》にぺたりと座って本を読んでいた朔は、立ち上がり、真冬に裸足でぱたぱたと小走りに仰倉の元までやってくると、

「本も、話すの?」

と訊いた。

「話しますよ。前にお伝えしましたが、あなたのことをいろいろと教えてくれたのは、あなたの母親が残した本でしたから」

「ううん」

朔は首を横に振ると、「朔と、話してくれるの?」

と、訊いた。

「あれ」

仰倉は意外だった。「朔は、本がお喋《しゃべ》りしているのは聞こえているのですか?」

「でも朔とはお話ししてくれないよ」

「そうですか。――そうだったんですね。道理で」

洋館に朔が現れると本たちはしんと黙る。龍一のときは普通にざわざわしている。どれだけざわざわ騒いでも龍一にはなにも聞こえないので、おかまいなしに。それは、龍一が玉造家に引き取られてきたときから今までずっとだ。

「恍一には、あんなに話しかけるのに」

「ああ。そうですね」

仰倉は笑う。恍一には迷惑だろうが、本たちは恍一が大好きである。いつも話しかけたそうにするので、そのたびに、恍一に嫌われたくなければ（警戒されて避けられてしまうので）黙っているよう注意するが、本たちは素直にお喋りをやめるのだが、いつもとても寂しそうである。

「残念ながら恍一さんには、本の声が言語としては聞こえないのですよ。心底恐ろしい唸《うな》り声としか聞こえないのです」

「かたおもい？」

朔が訊く。

「かたおもい？　――ああ」

恋愛感情とは遠くかけ離れてはいるが、「ええ。そうですね。片思い、ですね」

「本、朔のこと、きらい、なのかな」

「それはどうでしょう？」

好き、や、嫌い、では、語れない、距離を詰めてはいけないなにかが、朔にはある。

仰倉でさえ、朔には距離を取っている。

朔は、眼差しひとつで強力な魔を払う。誰が教えたわけでもないのに、自然と、呼吸をするように、難無く払ってしまうのだ。

一目置いている。とでも言えば良いのか。それは本たちが嘉代に対して抱いている敬意に似ている。だが嘉代とは違い、ヒトでありヒトではない朔は、自分たちの側であり、同時に自分たちの側ではない〝不可解なモノ〟として、どう接すれば良いのかわからない対象として、本たちには映っているのだ。

当然のこと、警戒もされている。

「朔は、本は、好き」

手にした本を胸に抱いて、朔が凛々《りり》しく宣言する。

「はい。そうですね」

それは本たちにも伝わっている。

「き、きらわれてても、朔は、好き」

ネガティブな単語が苦手な朔が、懸命に続ける。

ふと、仰倉が思いついた。

「でしたら朔、こういうのはいかがですか？」

「とりひきは、しません」

「違います」

瞬時に拒んだ朔へ、あまりの反応の速さに、つい仰倉は噴き出してしまった。「悪魔と取り引きをしましょう、という話ではないです。そうではなくて――」


「――なんだよ。さっきから、ちらちらと」

訝《いぶか》しげに龍一が恍一を見下ろした。

今日はいつものように、バス通りではあるのだが周囲は山道で人家の一軒も――玉造家の延々と続く塀、以外には――ない正門へ続く道で、下校していたふたりは一緒になった。

肩を並べて正門まで歩く。

普通に歩いていても歩幅は龍一の方が広い。足の長さに比例するので仕方あるまい。なので、恍一は少しだけ龍一と歩くときは歩調を速める。

そういえば、翔太も龍一と同じくらい長身で、もちろん恍一より足も長いのだが、翔太と歩くときの恍一は自分のペースだ。……あれ？　いつも脱線ばかりしていて、まともにさくさく歩かないからか？

「モテる男はモテる努力なんかしてないのにモテるけど、モテない男はどれだけ努力してもモテるようになるとは限らないから、埋めようのない格差をどうにかすべく、真性のモテ男を観察してたんだよ」

中学を卒業して二年近く経《た》つのに、高校の違う元同級生の女子たちから未だにアイドル扱いされてるって、とんでもないよな。

「……ふうん」

だが、モテには一向に興味のない龍一は、「そんなことより、恍一、折り入って、ちょっと頼みがあるんだけどさ」

「折り入って!?　頼み!?」

龍一からものを頼まれるだなんて、「うんうん、いいよ、なに？」

いよいよ兄としての自分の威厳が増しているな。

ほくそ笑む恍一に、龍一は、やや視線を逸《そ》らすと、

「恍一の部屋のテレビさ、俺の部屋へ移してもいいかな」

ぼそりと言った。

テレビ？

「——テレビ？」

わかった！　そーいうことかー。「そうかそうか、テレビがあるから朔がぼくの部屋に入り浸ってて、それがイヤなんだな、龍一。うっわー、ちっさ！　なんだそれ、ちっさー」

けらけらと笑う恍一に、

「ちいさくてもかまわないよ。朔が恍一の部屋で勝手にテレビを見てても、恍一が好きにさせてくれてて、それはありがたいんだけどさ、——恍一だって、そろそろ受験対策を始めないとならないだろ？」

「受験対策？　ぼくが？」

「なに意外そうにしてるんだよ。行くだろ、大学」

「えっ⁉　ごめん。考えたことなかった。進学とか」

だって、タダで大学行けないよね？

「玉造家の跡を継ぐとしても、恍一も大学へは行っておくべきだと思うぜ」

「え。でも、どの科に？」

呪術的な、そういうことを本格的にきちんと教えてくれる科とか大学って、あるのか？

「何科でもかまわないと思うけど、圧倒的に勉強不足だろ、恍一」

本の声のせいで、教科書すらろくに開けない生活をずっとしていた。地頭は悪くなさそうなのに、成績のひどさは本の影響ではあるまいか。

「圧倒的とか言われると……」

そこまでひどいと思われていたことに、恍一はちょっとショックを受ける。

「仰倉さんに頼めば、恍一が使う教科書や参考書の声はなくしてもらえるんだろ？　今、そうしてるんだろ？」

「……うん」

おかげで、恍一の部屋にもたくさん本はあるのだが、とても静かだ。

「せっかく勉強できる環境になったのに、部屋に朔がいて、いつまでも賑《にぎ》やかにテレビを見ていたら勉強に集中できないだろ？」

「龍一、ぼくのこと、そこまで考えてくれてたのか？」

ヤキモチを焼いていただけじゃなくて？

「だって、ほら」

龍一は更にぼそりと、「……俺たち、双璧、だし？」

照れたように続ける。

「うん」

双璧。

恍一も、照れる。

あれから、龍一と釣り合いの取れる双璧となるべく恍一なりに頑張っているが、大学進学の発想はまったくなかった。嘉代へ、高校卒業後は本格的に修行させてもらいたいと頼み込むつもりではいたが。

「でも大学って必要かな？」

「一般論として、どうしても大学へ進むべきかって話なら絶対ではないと思うけど、俺は、恍一にはもっと世間を広くしてもらいたいと思ってる。俺が、――どこかの世界に飛ばされたら、戻るまでの間、恍一に玉造家を守ってもらわないとならないから、家のことも、社会的なことも、恍一になら任せられるって安心したい」

「それ、ハードル高くないか？」

「俺も言いながら気がついた。多くを望んでるかもしれないな、ごめん」

「謝ることはないけどさ」

家を任せたいって龍一に思われているのは、ものすごく嬉しいし、光栄だ。「そしたら、一般教養？　法律的な？　あれ？　なにを学べばいいんだろう？　会計士？」

「それを言うなら司法書士」

「しほうしょしって、なに？」

「あ、でも、会計士もありか。――どのみち、勉強は難しいらしいよ」

「よし。龍一。大学進学するとしても、もっと、現実的な、こう、堅実な、そういうルートにするよ、ぼくは」

「だな」

龍一が笑う。

「わかった。じゃあテレビ、龍一に譲るよ」

快く承知して、気づく。「あれ？　でもさ龍一、日没以降は朔は寝ちゃうだろ？　そしたら夜に勉強するのにテレビがどうとか関係なくない？」


「あ、嘉代さん嘉代さん！　ちょっと待って！」

所用を済ませ徒歩で帰宅途中の近所の道で、近所の人に呼び止められた。

自宅のサッシの窓を開け、にこにことこちらに手を振っているのは、

「こんにちは、杉本《すぎもと》さん」

町内の回覧板の順番で、玉造家に届ける家の（ご主人が亡くなり息子の代になったので、主婦ではなくご隠居の身の）老婦人である。下の名は知らない。

嘉代は極力、周囲の人の名を耳にしないように生きてきた。もし耳にしてしまったならば忘れるように努めていた。知らなければ迂闊《うかつ》に名を呼ぶこともない。なので、窓辺でにこやかに手を振る彼女の場合は、杉本さんちのおばあちゃん。だ。

ご近所に関しては〝呼んではいけない名前〟の持ち主はいないのだが、ヒトでないモノがいつなんどき紛れ込むかは、誰にもわからない。産まれたばかりの赤子でさえ、それがヒトである保証はない。

名前そのものの話題は避ける。

初対面の相手に「お名前は?」などと、決して訊かない。

「寒いから、早く窓を閉めてくださいよお義母さん!」

部屋の奥からお嫁さんの厳しいチェックが入る。

話がしたいなら外に出ていくらでもしてくださいよ、暖房費だって馬鹿にならないんだから、と、続くのだが、

「ごめんなさいね、すぐ閉めますから」

厭味《いやみ》な部分は取り沙汰《ざた》せずに、お嫁さんへ丁寧に返事をしてから向き直り、「渡したいものがあるの。寒いところ申し訳ないけど、嘉代さん、ちょっと待っててもらえる?」

と頼んだ。

いかにもの小走りで急いで外に出てきた杉本さんちのおばあちゃんは、

「これ、朔ちゃんにどうかと思って」

両手で、淡い色の風呂敷包みを差し出した。

「朔にですか?」

洋館へ回覧板が届けられるたびに朔が受け取りに出ているのは仰倉から聞いて知っていた。毎回、ふたりは玄関で楽しげに話をしているとも。

「箪笥を整理していたらたまたま出てきたんだけどもね」

風呂敷の結びをほどき、「これ。柄が若いから、朔ちゃんにどうかと思って」

「いいえ。いただけません。このような立派なものは」

一目で正絹《しょうけん》とわかる、古風だが愛らしい花柄の着物。

「嘉代さん、やめてやめて、遠慮はしないで。どうせ誰も着ないのよ。何十年もずーっと箪笥にしまわれたままだったし、でも見てみたらどこにも傷みはなかったから、朔ちゃんの普段着にどうかしらと思ったの」

「ですけども――」

「あのね！　嘉代さん、あのね、笑わないで聞いてもらいたいんだけれども」

杉本さんちのおばあちゃんは恥ずかしそうに声を潜めると、「私、朔ちゃんのおかげで随分と調子が良いの。あの子と笑ってお喋りしていると心がほんわかあったかくなって、体の調子まで良くなるの。ものすごく癒《いや》されるのよ。満更気のせいでもなくて、通ってる病院のお医者さんから数値が良いって誉められたりして。前にお菓子をあげたらお菓子は食べないって言うし、ほら、朔ちゃんいつも嘉代さんと同じく着物でしょ？　それで思いついたのよ。これね、お礼なの。いつも私の相手をしてくれてありがとうって。こんなおばあちゃんだけれどもこれからも仲良くしてねって。でもさすがに着物を朔ちゃんに直接渡すのはどうかと思って、そしたら嘉代さんがうちの前を通ったから、私、慌てて声掛けちゃったの。ごめんなさいね、急に呼び止めて」

ああ。それで。

お嫁さんがイライラしていても釣られることなく、穏やかに応対していたのか。

「……いいえ」

嘉代は、――顔には表さないが、たいそう誇らしく喜ばしかった。

言葉がまだ達者でないというだけでなく、朔にとってあまりに普通のことなので嘉代にも誰にも言っていないのだろうが、朔も杉本のおばあちゃんとの時間がとても楽しいのだろう。意識的にか無意識にか浄《きよ》めの力を使っているのだ。本人が自覚しているように、数値に表れているように、癒される気がするだけでなく、実際に朔は相当量の浄めという癒しを彼女に施しているのである。

ヒトは真っ白で生まれても、日々を重ねるうちにどんどんとくすみや汚れをつける。中には大きく道を外し、闇のように真っ黒に穢《けが》れを纏《まと》う者もいる。穢れさえなければヒトは、その者の持つ運命の力を存分に発揮できる。運命は、変えられない宿命とは違う。他者に敷かれたレールでもない。運命とは、その者の持つ最大の力の源だ。ひとりひとりがみな等しく生まれ持つ、どこでなにをしていても発揮できる最高の力なのである。けれど間違った行いや負の感情が穢れとなり運命の輝きをどんどんとくすませてしまう。自然治癒《ちゆ》力が落ちるように。そして残念ながら、それらが浄められることはない。浄めの力を持つ人間が、この世にはいないからだ。

いたとしたら、生き神である。

嘉代はまだ、そのようなヒトに会ったことはない。

本を浄める仰倉は魔のモノでありヒトではないし、厳密には、朔もヒトとは呼べないモノかもしれないが、もし普通に出産されていたならば、朔は、嘉代の人生で初めて出会う生き神さまだったのだろう。——その力が、表に出ることは決してないが。雪の家から一歩も出られぬ人生であっただろうが。

「そういうことでしたら、受け取らないわけにはまいりませんね」

感謝の品物は断ってはいけない。それは〝鉄則〟である。

「良かったわ」

杉本のおばあちゃんはホッとして、宝物を贈るように嘉代の手へ風呂敷包みを渡し、「朔ちゃん、あと何年かしたら龍一くんとお式を挙げるんでしょう？　今でもあんなに可愛《かわい》らしいんだもの、さぞかし別嬪《べつぴん》な花嫁さんになるんでしょうねえ。それが見られるよう、私も元気で頑張らないと！」

と、気合を入れた。

結婚式の予定はないが、披露する予定もないが、朔は訊かれると素直に誰にでも、朔は龍一のお嫁さんです！　と、自己紹介してしまう。それだけでもけっこうな話題性なのだが、朔ちゃんは外国からきた仰倉さんの姪《めい》、と、勝手な憶測までもが事実のように、近所の人々の間で噂されていた。

いろいろ間違っているけれど、厄介なことになるので訂正はしない。

既に朔は龍一の嫁で、今後お披露目をすることもないのだが、――してあげても良いのかもしれない。

考えたこともなかったのだが。

お式。

朔はさぞ、喜ぶだろう。

なにより、龍一を玉造家の双璧の跡取りと決めた以上、正式な儀式として執り行うべきかもしれない。世間一般の婚儀とは別物だが（招待客はヒトとは限らないので）、自分のときも、息子のときも行わなかった――行えなかったそれを、龍一と朔のために。

信じられない。

怒りが、――どこからこんなに湧《わ》いてくるのか我ながら驚くほどの激しい怒りで、身が震えた。

「なにがどうなってるの？」

この仕打ちはいったいなに？

手の中の紙片を床へ思いきり叩きつけてやりたい。――するわけにはいかないが。

ここに書かれたことがすべて事実だとしたら、これまでの自分の人生はなんだったのだ？

無為に過ごした、過ごさねばならなかった日々を、大人たちは「残念だったね」の一言で簡単に片付けた。

「残念だったね（きみはただの捨て駒だったよ）」

と。

誰に腹が立つのだろう。

誰に？　いや。

全員にだ。

自分に落ち度がひとつもなかったとは言わない。けれど、自分に落ち度があったとしたら、深く考えもせずに大人たちの言いなりになったことだ。身勝手な大人たちの狡猾《こうかつ》さに気づけなかったことだ。

若いというより幼かった。

幼い子どもは誰でも大人の言うことを聞く。

そもそも、それが〝お役〟のはずだった。自分に与えられた唯一にして最大の。

一族に生まれてお前だけだよ。

なんの取り柄もないのは。

だから、この縁談は、お前には身に余る光栄だ。

事実、とんでもなく高位からの縁談だった。どうして自分なんかに降りてきたのか、わからないくらいの。

年回りと星回り。

能力の有無は関係ないよ。良かったね。と。

その日から花嫁修業に精を出した。これから生まれくる許婚《いいなずけ》の、能力はなくともせめて人並みの、できれば人並み以上の妻となるために。

ところが、ある日突然状況が一変した。

出産直前になって、胎児の命を取らねば終わらぬ呪詛《じゅそ》を仕掛けられたのだ。

その日を境に結納の日取りが延ばしに延ばされ、やがて、消滅した。

すべてが無かったことになった。

もともとが身の程に合わない縁談である。

仕方ないなと、受け入れた。

ほんの数年だけれども、しあわせな夢が見られたとも。

けれど、……けれど、

「生きていたって、……どういうこと?」

呪詛は終焉《しゅうえん》したと聞く。

ならば生きているはずがない。

しかも、かの玉造家の孫と一緒になると?

生まれる前から自分が許婚なのに?

ぜんたいどうして他の人と結婚するのだ?

父の書斎に届けられていた特別な書簡。魔が差して、——そう。自分などが触れてはいけないものなのだ。おまけに無断でなど、見つかれば勘当もののとんでもないことなのだ。こんな不届き千万の所業に出たのは、出ようとしたのも、生まれて初めてのことだった。魔が差して、どうしても気になって気になって、ついに手紙を読んでしまった。

名字のない家の家長である雪様から、父への書簡。

推測に過ぎぬが、との前置きと、推測ではなく、すべて事実と受け止めたであろうと思われる父。道理で、この書簡が届いてから父の、自分への態度がおかしかったわけだ。

雪様には、玉造家との深い因縁がある。若かりし日に自らが婿《むこ》入りできなかったので、この縁を許したのだろうか? だったら最初からそうすれば良かったのに。最初から、玉造家より嫁を迎えれば良かったのに。

自分はただ振り回されただけなのか？

もう二度と訪れぬ娘盛りを棒に振って？

さすがの父も動揺が隠せなかったのであろう。――多少なりとも娘に対して、申し訳ない気持ちがあったのかも、しれない。

「……でも、黙ってるつもりだったのね」

こんな重大事を、当事者の自分に伝える気が父にはないのだ。この書簡が届けられてから今日まで、父は自分になにも伝えようとしていないのだから。

呪詛を受け死んだと聞かされていた許婚が、あれから数年経ち、実は生きてて、別人と晴れの挙式を行う？

「なんて目茶苦茶な話」

下手な笑い話にもならない。「こんなこと、許せるわけがないじゃない」


「いいですか、恍一。こちら、本、さんです」

甚《いた》く畏《かしこ》まった表情で、朔が恍一の前へ一冊の本を立てて見せる。和室に正座をさせられて、これはどんな遊びだろうか？　と考えたが、わからなかった。

「うん。本だね」

「こちらから、みんなをだいひょうして、恍一へ、お話が、あるそうです」

真面目な口調で朔が続ける。

ふむ。口調は嘉代さんぽいな。

恍一と龍一からこっそりと〝リトル嘉代さん〟と呼ばれている朔は、とことん嘉代をリスペクトしていて、和装という身なりもだが、言葉遣いも真似《まね》したがる。

「えーと。どのようなお話で？」

「もっとたくさん、洋館にきて、もらいたいそうです。それから、すぐに帰らないで、もらいたいそうです」

「え。そうなの？　そんなこと言ってるの？　本が？」

恍一は驚く。「てか朔、本の言葉がわかるのかい？　マジで？」

「まじです」

と、真面目《まじめ》な顔のまま返した朔は、「朔は、つうやくを、おぼえました」

と得意げに胸を張る。

「……つうやく？」

「Interpreter です」

「はい？」

発音が良すぎて恍一には聞き取れなかった。「いんた……?」

「Interpreter」

「……うん。それで?」

「　　が、提案してくれました。朔は、本と、恍一との、つうやくを、すべきと」

「え?　え?　誰が?」

朔が音を発していたのはわかったが、さっきの流暢《りゅうちょう》な英単語とは別の次元で、恍一にはそれも聞き取れなかった。

「　　が。んーと。仰倉が」

「司書さんが?　朔に、つうやくって、もしかして、通訳?」

本と、恍一との?

「はい。ししょさんが、つうやくをすれば、朔も、本と話せるって、おしえてくれました」

「そうなんだ。……よくわかんないけど」

朔は本の話す言葉がわかるのに、通訳をしないと本と話せないって、なんなんだ?

「ひしょです」

「……はい?」

次から次へと聞き慣れない単語が飛び出す。今日はどうしたことだ、朔。

「朔は、恍一の、ひしょになれます」

「ひしょになれます？」

「よろしくおねがいいたします」

言って、朔は畳に手をつき、丁寧に頭を下げた。

「ごめんね、朔。お手上げだよ。よろしくお願いされてもなにがなにやらわかんないや。適当に流してて本当にごめん」

朔の雰囲気がたどたどしいからといって、内容が幼稚なわけではない。いつもの遊びと同じかと、恍一は大きな捉《とら》え違いをしていたのかもしれない。

朔は、上目遣いに恍一を見て、

「わかんない？」

と、訊く。悲しそうに。

「ごめんね。でも、朔のせいじゃないよ」

あんなに頑張って話してくれたのに、「真剣に聞いてなかったぼくのせいだから。ね？」

だから悲しくならないでくれ。

「……わかんない？」

ちいさく繰り返した朔は。本を手にすっくと立ち上がると、「龍一」

と一言残し、和室から駆け出して行った。

困ったときの龍一。であり、朔の言葉を最も的確に翻訳できるのも龍一である。朔が本と恍一の通訳（仮）ならば、朔の通訳は龍一なのだ。

それにしても、着物でもあんなに速く走れるものなのだな。と、おかしなことに感心しつつ、どこへ向かったのかはわからないが（さて、龍一は今どこにいるのか。恍一には見当もつかないのだが——冬休みに入ったので洋館にいる可能性が高いけれども確かではない。が、敷地内であれば、朔は難無くどこに誰がいるかを見つけられる。有象無象のモノたちがこぞって朔に教えるからだ）母屋の廊下をたたたたと走る元気な朔に、悲しい様子は見て取れない。

ホッとした。

悲しませても良い相手などひとりもいないが、中でも朔は幼い故に尚のこと、悲しませたくない存在だった。

などとのんびり見送って、

「……ハッ」

恍一は冷水を浴びせられたように身を竦めた。

龍一と同じく読書家でもある朔。洋館の本は日本語の本ばかりではない。

「もしかして朔、英語も勉強してるのか？　しかも、あの発音って……」

まずい。

いろんなことが、ほどなく追いつき追い越されてしまうかもしれない。それでも、朔は弟のお嫁さんで、つまりは義理の妹で（もう妹でいいや）、まだ生後数カ月なのだ。悲しませたくないし、いろんなことを教えてあげたいし、守ってあげたい――。

『何科でもかまわないと思うけど、圧倒的に勉強不足だろ、恍一』

あああああああああ。

龍一の科白《せりふ》が骨身に沁《し》みる。あっとうてきにべんきょうぶそく。――だよなあ。

このままでは留守をきちんと守れるのは恍一ではなく朔になりそうだ。せっかく龍一が恍一を見込んで頼りにしてくれているのに。

いかん。いかんぞ、このままでは。

「大学受験、真剣に、考えよう」

現実的も堅実もいいけれど、きちんと向上心を持って。

もちろん双璧としての修行もしつつ。

「嘉代さんに進路の相談をしよう」

善は急げと、恍一もすっくと立ち上がった。


両親のどちらにも似ていない。

「でも、すごくイケメン……」

白い玉砂利が敷き詰められた小径《こみち》の落ち葉を、竹箒《たけぼうき》でていねいに掃いては両端に寄せている、スラリとした少年。順当ならば彼はもうじき二十歳だ。

ならば少年ではなく青年？

「どっちでもいいわ。そんなこと」

式はこれからでも既に玉造家で暮らしているらしい。——でも、暮らし始めたばかりにしては、随分と慣れた手つきで掃除をするものだ。

飲み込みの早い人なのかしら。

千年にひとりの逸材と、平凡で取り柄のない自分とは百八十度真逆の、至宝のような跡継ぎと言われていた。

「なのに、簡単に手放したってことかしら？」

あり得ない。

けれど、事実、そこにいる。

「いったいどういう奇跡なのかしら？」

玉造家は独特な家系である。代々、本の救済を通して、世の安泰に貢献している。

では、この奇跡にもしかして、本が関係しているのかしら？

そこへ、玉砂利を鳴らして誰かが近づいてきた。

華やかな和服姿の銀色の髪をした異国の少女が、

「龍一！」

と呼びかけながら現れて、走る勢いそのままに少年の胸へぽんと飛び込む。――え？

難無く受け止めた彼は（竹箒は放り出したが）、

「こら。朔。また上を着ない」

怒ったように少女へ言う。

「さむくないよ？」

「風邪を引きたくないだろ？」

「ひかないよ？」

「わかった。俺が、朔が風邪を引きそうで心配なの。だから、外に出るときは上になにか着てください。――良い？」

「うん」

少女が笑う。嬉しそうに。「大好き、龍一」

そして、少年の胸に顔を埋めた。

ねえ。そこ。私の場所じゃない？

少年が優しげに目を細めなにやら少女の耳元に囁《ささや》いて、顔を上げた少女へと当然のように口唇を重ねる。――ねえ。それ。私とすべきじゃない？

破談の理由はあなたが死んでしまったからよ？　生きているなら私と結婚すべきでしょ？　私

があなたの許婚なのよ。

「なにか御用ですか？」

いきなり、底無しの穴のような真っ黒なふたつの瞳にぐいと覗《のぞ》き込まれ、——誰!? いつの間にこんな近くに!? 咄嗟《とっさ》に身を引く。目が合っただけで、底無しの穴の奥へと引き擦《ず》り込まれそうな、身の毛もよだつ双眼だった。

「なあに？」

下から不審げに見上げられ、

「んにゃ。別に」

涼しい表情で流す。

「ちょっと。ちゃんとしててよ。恥をかくのはアタシなのよ？」

「ちゃんとしてますよ、もちろん」

いつものように露払いをしただけだが、言葉にはしない。彼女はそういう呪術的なことがお嫌いなのだ。——にも拘《かか》わらず勘は鋭い。その才能をもっと有効利用すべきと思うが、越権行為なのでこれまた言葉にはしない。

「初めてお伺いするのよ。アタシ。パパの名代でお祝いをお届けするんだから」

ついでにこれも。と渡された本のことはさておき、聞けば玉造家では百年ぶり（？）とかのお祝いらしい。初めて訪問する家へ、初めての父の名代で、百年ぶりという寿へ祝いの品を届ける大役を任せられるなんて、こんなに名誉なことはない。——絶対に、「絶対に、粗相のないようにしたいのよ」

「そんなに睨《にら》まなくても、わかってます」

「わかってるンならいいけど」

つんと答えて、前をすたすたと歩く少女は、長く続く道幅の狭い私道の先にようやく西洋風の門が見えると、華奢《きゃしゃ》な背中をひときわ緊張させた。

正しい入り口はそこではないのだが、玉造家までの道程を自分で調べて張り切って行動している彼女に、余計なことは言うなとまた機嫌を損ねられるのもいかがなものかと、黙っている。

まあ。いいか。

北は北で、ある意味、正しい入り口だ。特に、自分のようなモノにとっては。

さっきの翳《かげ》は完全に姿を消していた。

さて。あの術式はどこの家のものだろう。

「シロ。どうしよう」

門の前で彼女が固まる。

「どうしました、お嬢？」

「表札がない」

彼女はくるりとシロに向き直ると、「ここ、玉造家で合ってる？　正解？　よそのお宅じゃない？　アタシ、なにか間違えた？」

「合ってはいるんですけどね」

ここは裏口なので正門から訪ねる方が良いかもしれませんよ。と、伝えようとした矢先、

「こんにちはー！」

門の内側から幼い声で元気に挨拶をされた。

玉砂利が敷き詰められた小径で、お嬢よりやや年下くらいの着物姿の少女がにこにこと、嬉しそうにこちらを見ている。

「あ。こんにちは！」

にこにこに釣られてお嬢は、つい、そのまま中へ一歩。

途端に、とん。っと、体が門の外へ、——目には見えないぱんぱんに膨《ふく》らんだ巨大な風船に正面からぶつかって弾かれたように、背後へ、道へと飛ばされた。

「おっと」

素早く彼女をキャッチして、「大丈夫か？」

訊くと、

「やだ。アタシ、入れないの？」

呪術的なことは嫌いでも、詳しくないわけではないお嬢は、「えええ。なにを間違えたのかしら？　変よね、入れないなんて」

シロの腕の中で思索を始める。

それを不思議そうに見ていた着物姿の少女が、――日本人にしては白すぎる肌と薄い瞳の色と艶やかな銀色の髪をしているのにとても和装の似合っている少女が、いつまでもシロの腕の中から立ち上がろうとしない客人を心配して、

「だいじょうぶ、ですか？」

玉砂利を鳴らして小走りに駈《か》けてきた。

少女が北門から出た途端、弾かれてもいないのに少女の体が地面にトンと投げ出される。

「朔！」

小径の奥から再び声がした。今度は、芯の通った男の声だ。

声と同じくらい芯の通った雰囲気を持つ高校生くらいの男の子は、来客には目もくれず、地面に力無く伏している着物姿の少女に駆け寄ると、重さのない物を抱き上げるようにふわっと両腕で抱くと、急いで門の内側に入った。

と、少女がぼんやりと目を開ける。

「駄目だろ、外に出たら」

高校生が言う。優しい声で。――へえ。叱《しか》らないんだ。

素早くシロの腕から立ち上がり、ぱぱぱっと服の乱れを整えてから、

「あのう、こんにちは」

挨拶すると、ようやく彼がこちらに気づいた。

「こんにちは」

挨拶を返してくれるが、眼差しに警戒が含まれている。

この子が倒れたの、アタシたちのせいにされてるの？　もしかして？

「こちら、玉造さんのお宅ですか？」

まあ、いいか。

それよりも、アタシは名代としての務めを果たさなくては！

「はい。そうですが。どちら様ですか」

この高校生男子、誰だろう？

ねえ、こっちは来客なのよ。もう少し愛想よくしたらどう？

と、高校生男子の腕から元気に飛び降りた和装の少女が、

「こんにちは！　ようこそいらっしゃいました！」

さっき倒れたのが嘘《うそ》のように快活に挨拶をして、ていねいに頭を下げた。

門を出ていきなりぶっ倒れたのにもびっくりだが、この回復も、びっくりだわ。しかも、なん

て愛想の良い。

「……シロ。アタシ、意味不明」

こっそり助け舟を求めると、

「お嬢。やはり裏口から入ろうとしたのが失敗の元なんじゃないですか？」

しらっとシロが答える。

「裏口⁉　ここ、裏口なの⁉」

「玉造家では、正しい来客はこちらの門は使わないんですよ、お嬢」

裏からこそこそ入ろうとする、怪しいモノと判断される。

怪しいモノではないので彼女は門から弾き出されたのだが、――正しい門からお入りくださいと、これまたある意味親切に教えてもらったことになるのだが、果たしてどの程度、彼女は理解しているであろうか。

ともかくとして、相変わらず仰倉の魔力に守られた、ここは面白い屋敷である。

「ちょっ。ひどっ。なによシロ。そういう大事なことは先に教えてよ。もう」

粗相しないようあんなに予習してきたのに冒頭からやらかしてしまった。――あんな眼で見られたのも、和装の少女がどうこうじゃなくて、作法を間違えた自業自得ってことですか！

「すみません。正門で、やり直します！」

走るように私道を戻る。

確か門がもうひとつあったはず。――地図で確認はしていたが、人家のない山道に面していて駅からけっこう遠いから、眼中になかった。というか、むしろあっちが裏門かと思ってた。ここは玉造家なのだ。東に面した門が裏門のはずがないのに、基本をうっかり失念していた。

「……なんだ。今の」

不審げな眼差しのまま龍一が言う。

「すっっごくおおきな白い犬だったね、龍一！」

瞳をきらきらと輝かせて、朔が龍一へ振り返る。

「……白い犬？」

「はじめて見たよ！　ふわふわしてた！」

「ふわふわに見えて剛毛なんですよ、あれは」

いつの間にかそこにいて会話に加わった仰倉に、だがいつものことなので誰も驚かない。

「ごうもう？」

朔の問いに、

「毛が硬いんです。ごわごわなんですよ、ふわふわに見えて」

「……ごわごわ」

「それから、あれは犬ではなく狼《おおかみ》です。白い狼」

「おおかみ？　……おおかみ？」

「あとで動物図鑑をお貸ししましょう。狼の毛の色は通常は白ではないですが、自然界でもたまに真っ白な狼が生まれるのです。たいていが短命ですが。さっきのは、かれこれ百五十年くらい生きていますので、かなり長命ですね」

「わかった。おじいちゃん狼だから、真っ白なんだ」

「いいえ朔、それは違います。あれは生まれたときから真っ白ですし、おそらくおじいちゃん狼でもありません」

唐突な仰倉の登場には驚かないが、

「さっきから、ふたりして、なんの話をしてるんですか？」

白い犬にしろ白い狼にしろ、「動物なんて、どこにもいなかったじゃないですか」

会話の内容に龍一はいささか気味が悪かった。

ゴシックアンドロリータのファッション雑誌から抜け出たような、苑《えん》がいつも好んでいるフリルが多くてスカートにボリュームのあるタイプの（苑はサーモンピンクなどの淡い色が好きだけれど）やたらと黒使いが多めの服を着た（手袋まで真っ黒だった）小柄な少女と、少女の付き添いであろう、これまた（冬なのに）黒いサングラスをかけた、野性味ある背の高いがっしりとした大男。サングラスをかけていたので年齢の予測はできない。の、二人連れ。犬にしろ狼にしろペットは連れていなかった。

「おおかみは、目がないの？」

朔が仰倉に訊く。

「いいえぇ。ありますよ」

「ふうん」

朔はゆっくり頷いた。


「嘉代さぁん」

苑が、正門から客人が訪ねてきたのをふわりと空に浮かんで教えに来たが、既に嘉代も恍一も把握済みであった。――この声！　門からこの部屋まで相当な距離があるというのに、身の毛もよだつ意味不明の怒号がふたりの耳の中でごうごうと轟《とどろ》いていた。

久々の大物である。

仰倉のおかげでたいそう静かな生活をしていたので、不意打ちのような恐ろしい声に吐きそうになりながらも、耳を塞いでもどうせ聞こえるのでひたすら堪《こら》えつつ、

「嘉代さん、ぼく、取ってきます！」

恍一は嘉代の部屋へ全速力で走った。ひとまず本の声を閉じ込めるための薄手の紙と、細長い紙テープのような封緘紙《ふうかんし》を取りに。

どちらも嘉代がまじないをかけている。封緘紙の文字は嘉代の手によるものだがその墨を擦ったのは恍一である。そのお役を、あれ以降嘉代から任せてもらっている。相性が良いと誉められた。恍一が念を込めてていねいに擦る墨と、封緘紙のまじないとが。

ひとつ階段を上がったようで嬉しいと同時に、責任に、身が引き締まった。ちゃんと墨が擦れていないと本を更に苦しめることになる。そんなことには、させたくない。

外に面した廊下から、北側の洋館の天辺《てっぺん》がちらりと見える。

「……司書さんにも、聞こえているんだろうな」

もちろん、仰倉の手にかかればどんなに凄《すさ》まじい本の怒号でも一瞬にして掻《か》き消えるが、文字どおり仰倉は手の内へとふわっと吸収してしまうのだが、本も楽になるのだが、残念ながら客人と仰倉を会わせるわけにはいかない。——その場で仰倉の虜《とりこ》になられては困る。というか、恍一としては、できるだけ仰倉とヒトとを会わせたくなかった。嘉代が本の受け渡しの場に仰倉を招かないのは恍一とは別の、もっと厳かな理由だろうが、恍一は、単純に、できるだけ仰倉の姿をヒトに見せたくないのであった。

何年もずっと仰倉の盲目的な虜だった龍一がそんなこんなで外れた今、仰倉にとって特別なヒトは恍一だけ。なのだ。の、はずだ。

恍一は、さすがに以前の龍一のような盲目的に仰倉に恋したりはできないのだが、もし、新たに虜が登場したら、それが仮に龍一ならば、仕方ないかなとも思えるかも、しれないが、自信はないが、……ないけれども、でも、別の誰かが虜になって恍一の目の前に現れたとしたら、正直、どうしていいか、わからなかった。

だって、想像しただけで、つらくなる。

仰倉は自分の虜に愛はない。それでも、ぞんざいにはしない。龍一にだってそうだった。龍一は特別な虜として、(恍一から見れば充分に) 特別に接してもらっていたのだ。

ただの虜だったとしても、仰倉が、誰かと親密になるのは嫌だった。龍一のヤキモチ焼きを笑っている場合ではない。客人に仰倉を会わせたくない恍一なりの理由は、笑ってしまうくらいにシンプルだ。

『さては、好きな人ができたな恍一』

そうだよ翔太。認めるしかない。

どんなにこの声がひどくても、母屋には来ないで司書さん。ぼくたちを気の毒と思ってくれなくていいから。

ぼくが、洋館へ届けに行く。

嘉代が待つ、本の受け取りのときに使われている、最も玄関に近い応接用の客間へと息を切らして一目散に駆け戻ると、そこに龍一と朔がいた。

朔!

「朔、大丈夫かい⁉」

本と話すことのできる朔、この怒号に耐えられるのか？

勇んで訊いた恍一へ、朔は、きょとんと、

「だいじょうぶ？　です」

と答えて、ふふふと笑い、「また、つかったよ。だいじょうぶ」

龍一へ報告する。

「でも朔、この声、ひどいだろ？」

恍一は何度となく嘔吐《おうと》しそうになる衝動と闘っている。

「声？」

朔がまた、きょとんとした。

「もしかして、聞こえてない……？」

朔は本と話はできるが、本の悲鳴は聞こえないのか？　そんなことってあるのだろうか？　いや、だが恍一は、本の悲鳴は聞こえるが本と話はできない。

悲鳴と話す声とは別物なのか？　本と話せないのは恍一の能力が低いからだと思っていたが、そもそも、まったくの異質のものだったのか？

考えてみれば、玉造家の敷地のあちらこちらに棲む有象無象のモノたちに本の怒号が聞こえたならば、彼らにとってここは快適な棲《す》み処《か》ではないだろう。彼らと自由に意志疎通をしている朔は、なので、そちら側なのだ。

「ああ。通訳」

そういうことか！

もし恍一が本と会話できたなら、できるようになったときは、有象無象のモノたちとも会話できるかもしれないということだ。

恍一が本と話せたらどんなに素晴らしいかと仰倉が以前に言っていたが、これぱかりはきっと、どんなに修行したところで恍一に習得は難しいのだろう。チューニングの周波数が異なるように、聞こえるバンドが異なるのだ。

恍一は聞こえるようにならないから、朔が通訳をしてくれる。と、そういうことだったのか。

仰倉さんの提案は。そして仰倉さんには、そのどちらもが聞こえているのだな。

すごいな。

「間もなくお着きですぅ」

苑が声を掛けてきた。

「あ！　玄関の出迎え、ぼくが行きます！」

皆は畳に正座して客人を迎える態勢なのだが、部屋へ到着したばかりの恍一は、どうせひとりだけまだ立っているのだ。

道具を嘉代へ渡し、玄関へ急ぐ。

ちょうど、二つ折りにしたコートを肱《ひじ》の内側に掛け、大きな黒い格子戸を開けて、女の子がひとり、入ってくるところだった。

「いらっしゃいませ」

廊下の奥から滑り込む勢いで恍一が言うと、彼女はひどく驚いて、

「こっ、こんにちは！」

ぺこりと頭を下げた。

恍一も慌てて頭を下げる。

「このたびは、まことにおめでとうございます。わたくし、父の名代で参りました、登呂《とろ》のハマナスでございます」

「わざわざ御足労いただきまして、ありがとうございます」

挨拶を返しつつ、――まことにおめでとうございます。に、恍一は引っ掛かった。

この少女は、災いを招く本を玉造家へ預けに来たのではないのか？

引っ掛かりはするが、まずは客間にご案内せねば。

「どうぞ、お上がりください」

促すと、

「それでは、お邪魔いたします」

少女は靴を脱ぐ。そして、腰を屈《かが》めて揃《そろ》えようとしたので、

「あ。靴はそのままでいいですよ」

揃えるのを楽しみにしているモノのために、素早く止めた。

「え？　あー、じゃあ、はい、わかりました」

訪問先で自分の脱いだ靴をきちんと揃えることをしっかりと身につけているのか、やや戸惑いつつも、彼女は了解してくれた。

「こちらです」

先に立って案内して、恍一は客間の襖《ふすま》を開ける。


うっわー。うっわー。うっわー。

……気まずい。

なんであいつ不機嫌なままなのよ。せっかくお祝いを届けに来たのにむすっとして、失礼極まりないったら。

なんとなく、あいつの視線が自分の手に、——室内なのに手袋をしたままの自分の手に注がれているような気がして、落ち着かない。訪問した先で、室内なのに手袋を外そうとしない無礼者とか思われていそうだ。

玉造家当主の嘉代さまは、手袋にはまったく関心を示していないけれど、だから、外すようにも言われないけれど、自分だって外せるものなら外したいのだ。

気づいたら手の甲にできていた五百円玉くらいの痣《あざ》。

どこかにうっかりぶつけたかして黒ずみを作ったものと当初は常識的に考えていたのだが、何日経っても、数週間経っても、痣は消えなかったし薄くもならなかった。悪いモノだとしたら痣の面積が広がったり色が濃くなったりするのだが、そうならなかったのがせめてもの救いだ。でも変化しないことそのものも、自分としては不気味だった。時限式の術はたいていが発動するまで姿を変えない。周囲に相談しても、そんなに気にすることはない。その手のモノは、悪化はしないが消えないだろうから諦めろ。と言われるだけ。

祝いの品を届けるのに、禍々《まがまが》しいとまでは言わないがめでたくはないその痣を、表に出したくなかったから手袋をしたままでいるのだ。

帰りたい。

シロは、自分は正門からは中へ入れないので外で待ってますとか言うし、ちょっと感じの良さそうな玄関で出迎えてくれた男の子は（お手伝いさんかな？　もしくは、嘉代さま付きの書生さん？）ついでの届け物の本を、嘉代さまがすすっと手早く紙で包んだらそれを持って部屋を出たきり戻らないし、銀髪の少女は意味不明にずーっとにこにこしているし。帰りたい。もう帰っていいかな。いいよね。

祝いの品はちゃんと渡せたし。

「嘉代さま、来たばかりですがアタシそろそろ……」

と、申し出ようとしたとき、

「登呂の主さまはお変わりありませんか？」

言葉にする前に嘉代に訊かれた。

「はい。おかげさまで」

久しぶりにお目にかかってもやっぱり嘉代さまは凛《りん》として素敵。前回は、兄の祝いごとで登呂の屋敷まで出向いてくださったんだっけ。ああでも、凛とした佇《たたず》まいは変わらずだけれど、なんだろう——。

「おばあさま、朔は、おともだちになれますか？」

うずうずと少女が訊く。

「その前に、龍一と朔からもお礼を言いなさい」

ふたりへ促す嘉代の表情が、——そうだ。しあわせそう。だ。

常にぴんと張り詰めた冬の空気を身に纏っているような、背筋の伸びたしゃっきりとした嘉代は、近寄りがたい雰囲気も併《あわ》せ持っていたし、自分はむしろそういう嘉代に幼い頃から憧れを抱いていたのでそれを冷たいと感じたことはなかったけれど、同時に、孤高さゆえの孤独のようなものは感じていた。

それは自分の父も同じである。家族がいても、どこか孤独だ。いざとなれば家長は己の能力のみで戦場へ出る。世界の紛争地域へ赴くという意味ではなく、家に居ながらにして、闘いに巻き込まれてゆくのだ。

呪術の世界は、だから、いや。

「ハマナス。こちらは息子の龍一と、龍一へ嫁いでまいりました朔です。まだまだ若いふたりですが、このたび縁あって結婚となりました」

「息子？」

あれ？　あ。そうか。老齢の嘉代さまと見合うはずもなかった。玉造家では幼い孫を息子として引き取ったって、前にパパが話してくれたっけ。あの家もかなり複雑なんだよと。へええ、この男の子がそうなのか。会うのは初めてだけど、呪術の能力はないけれど、たいそう勉強のできる子だと聞いている。

うん。プライド高そうだし、そんな感じ。

しかも、このたび縁あって、という嘉代の説明からすると、ふたりは許婚ではないのだ。ということは恋愛結婚？　——意外。

「龍一です。お祝い、ありがとうございました」

相変わらずにこりともせず、龍一が頭を下げる。

それを興味津々でみつめていた少女が、

「朔です。おいわい、ありがとうございました！」

真似するように、けれど片やにこにこで、頭を下げた。

ぜんぜんタイプが違うんだけど。このふたり、うまくやっていけるのかしら？　――大きなお世話だけれども。

でも、そうだ、北門の外へと糸の切れたマリオネットが地面に崩れ落ちるように倒れた少女を、彼は一目散に助けていた。ハマナスたちなど眼中になかった。

「龍一さんは、おいくつなんですか？」

と、嘉代へ訊く。――目の前にいても本人には訊き難い。

訊いてもするっと無視されそうだ。

それに、北門では一緒にいたシロがこの場にいないことについて、なぜか龍一も朔も訊いてこない。訊かれても、本人が言うには自分は中へ入れないそうで、とか、間抜けな返答になってしまうから、訊かれないならそれはそれで助かるけれど。

「高校の二年生ですよ。ハマナスのひとつ下ですね」

「年下ですか⁉」

つい、声に出てしまった。

第一印象では高校生かなと思ったけれど、見た目は若いのにやけに動じないし、貫禄《かんろく》あるし、結婚した当人ってことはつまり大学生なのかと。なんだ、ひとつとはいえやっぱり年下だったのか。――あれれ？　ということは？

まあね。法律は関係のない世界ですけどね。役所へ届けを出せない類の婚姻《こんいん》は、うちらの世界では珍しいことでもないし。

登呂の家も例外ではないが、玉造家ともなれば跡取り息子に許婚は居て当然。どの家も、早ければ生まれる前から許婚が決まっていることがある。という世界。

結婚には家の存続がかかっている。命運を分ける一大事だ。相手はヒトであったりヒトでなかったりもするが、登呂の家は子どもの数が多いので、長兄や長女、次男次女までは許婚がいたのだが、そこから下の弟妹に許婚はいない。

ハマナスは末娘なので、当然いない。

自由恋愛で羨ましいわ。と、姉たちに冗談半分にからかわれるが、居て当然の世界では、いないことは肩身が狭い。

いいんだけども。

負け惜しみなんかじゃなく、結婚相手が自由に選べるのは、自分には合っていると思うのだ。もし居たら、親が勝手に決めた結婚は嫌！　と、破談になるまで暴れそうだから。

なので、孫とはいえ息子として引き取られた龍一に、ゆくゆくはこの玉造家を背負う子に、許婚がいなかったのはかなり稀有《けう》なことである。

「ハマナスも、こうこうせい？」

うずうずが堪えきれなくなったのか、朔が訊く。

「ええ。そうよ」

上の空で返答した。

だとしたら、年端も行かぬ、この子はいったいなにものだろう？　たどたどしい日本語を話す異国の美少女ってだけではなさそうだ。そもそも、――そもそも、この子、いくつだろう？

気にした途端、高校三年生にしては小柄で童顔でたまに中学生と間違われる自分よりも年下と思っていた少女の姿が、ふっと、龍一よりも大人っぽい男性に映った。

「……え？」

一瞬そう見えた気がしたが、今は小学校入学前の更にちいさな幼女に見える。

なんなの、この子。

年齢も、性別までも、まるで不確かなんですけど。

玉造家の跡取り息子は、いったいなにと、婚姻を結んだのだろう。


大名屋敷や城門にあるような大きくて重そうな木の扉を難無く押し開け、

「ほんじつは、ありがとうございました！」

「お気をつけて、お帰りください」

朔と龍一が並んで見送ってくれる。

門の周囲でハマナスの戻りを待っていたシロが、こちらへ小走りにやって来た。と、朔がハマナスの手を取り、

「朔、ハマナスと、ともだちになりたい、です！」

ぎゅっと握った。

シロに気が取られていたし、突然のことで反応が遅れた。

「そっちの手は駄目！」

どんな悪いモノが憑《つ》いているかもわからない。

ハマナスは急いで手を引いて、と、するりと手だけが抜けた。手袋が朔の手に残る。

咄嗟に反対の手で手の甲を隠す。モノによっては目にするだけで駄目だ。祝いの品を届けにきたのに、災いを置いて帰るわけにはいかない。

激しく動揺するハマナスへ、

「だいじょうぶ？」

心配そうに朔が訊く。

北門でも心配された。

「だ。大丈夫です。手袋、返してもらえます？」

一応、それにはまじないがかかっている。外出用にすぐ上の兄がかけてくれたものだし、（誰

がかけてくれたとしても）効果の程は疑問だが、なにもしてないよりはましだ。

くるりとふたりに背を向けて、朔から戻してもらった手袋をはめ直そうとして、ハマナスは、意図せず涙が溢《あふ》れ出した。――痣がない。

今朝まで、この手袋をはめるまで、手の甲に暗い痣があったのに。なにをしても、どうしても、薄くすらならなかったのに。

「……うそ」

「お嬢？」

心配したシロがハマナスの手を覗き込む。そして――、茫然《ぼうぜん》と龍一と朔を見た。

「おいわい、とどけてくれて、ありがとう」

朔の笑顔を最後に、玉造家の正門が閉じる。

「朔ちゃん！」

ハマナスは閉じた門へと精一杯の大声で、「こちらこそ、ありがとう！　アタシも、朔ちゃんとともだちになりたいです！」

と伝えた。

朔がなにものだとしても、こんなに清い奇跡に触れたのは生まれて初めてだった。

手の甲も、胸の奥も、なんだか不思議なくらいにあたたかくて、ハマナスはぽろぽろぽろぽろと涙を零した。

「痣が消えて良かったな、お嬢」

膝から崩れ落ちてしまいそうなハマナスを支えるように、シロがぎゅっと抱きしめてくれる。

絶対に言葉にできなかったけれど。

言霊《ことだま》があるから。

でも、今、ようやく言える。

「怖かったよぅ、シロ」

「よしよし。よく頑張りました」

「すごくすごく、怖かったよぅ」

あのまま、忌《い》まわしいモノを一生、手の甲にしていなければならなかったとしたら。――どうにもならない以上うまく付き合うしかないね。と、大人たちは言ったけれど、それは確かに正論だけど、もうぜんぜん、未来へ楽しい想像ができなくなっていた。

好きな人ができたとしても、――諦めるしかないなと思った。

死の宣告をされたわけじゃない。

ただ、正体不明の痣が、手の甲にできただけだ。

それだけなのに、もうなにもかも、心の底から楽しむことはできなくなった。

だって、よそからかけられた穢れは、その家で最も弱い者が受けるのだ。

指名でない限りは。

弱いなんて、誰にも思われたくなかった。呪術は嫌いだけれど、その世界に於《お》いて弱いと思われるのはもっと嫌だった。だから、できるだけ対策はしつつ、まったく恐れていないふりをしていた。自分が弱いから穢れを受けたと思われたくなかった。

この痣は穢れではないかもしれないけれど。

でも、怖かった。先が見えなくて、怖くて怖くてたまらなかった。

「お祝い、届けにきて良かったよぅ、シロぉ」

「登呂の主にも感謝ですね」

「うん。パパがアタシを名代に指名してくれなかったら、アタシ、あの子たちと会えなかった」

春には高校を卒業する。

そろそろハマナスにも力を貸してもらおうか。呪術の世界は嫌いでも、玉造家へ祝いの品を届けるくらいはできるだろう？　パパの名代として。

名代！　なんて光栄な響き。

玉造家が嫁を迎えた。式はまだまだ先なので、それを待たずに祝いを届ける。

結婚祝いを届けるという滅多にない目出度い役を、パパが自分に託してくれて、それだけでも嬉しかったのに。

「帰って早速、主に報告ですね」

「うん。シロも。シロ、ついてきてくれてありがとう」

「礼などいりませんが、お嬢、呪術もそんな捨てたモノでもないでしょう?」

「……朔ちゃんの、みたいのならね」

「よし。一歩前進だな」

シロがニヤリと笑う。

「えええっ?　なによそれ!」

ハマナスは瞬時に憤慨した。「さてはシロ、パパの回し者になったのね。シロまで、アタシに呪術やれって言うの?」

「強制はしませんよ。ですが、玉造家は魅力的だったでしょう?」

「……うん」

それは認めざるを得ない。

本を救う玉造家。――本を通し、人をも救う。ついでの届け物の本。だからアタシも救われたのだろうか?


「この本の影響をまったく受けなかったとは。――さすがですね」

仰倉が感心する。

久々の大物。

最強の魔のモノの仰倉にうちのお嬢を誉められて悦に入りたいところだが、

「なあなあ」

ざっくばらんにシロが切り出す。「お嬢の手の痣とコレとは、関係はないんだろ?」

一縷《いちる》の望みを託すように。

この本は悪相すぎる。――いや、本が、ではなく、本が抱えてしまったヒトの憎悪が、だ。

「関係ありませんよ」

「はぁぁぁぁぁ。それ聞いて安心したぜ」

本が登呂の家に現れたタイミングと、お嬢の手の痣のタイミングにさほどの時差がなかったので、おのおのの匂いは違うが、関連を疑わなくはなかった。――良かった。仰倉が無関係と断じたならば無関係だ。本に関して、仰倉は絶対に間違わない。

シロの、仰倉に対する雑な態度とハマナスへかける真摯な姿勢の差はいつものことなので(仰倉に見せる雑な顔がシロの地であり、ハマナスへは、相当に繊細な愛情をかけて慈しんでいるのだ)、雑な言葉遣いも気にならない。

「ハマナスは、相変わらず家業を嫌っているのですか?」

「家業って言うか、お嬢は家族大好きっ子だから、家族の手伝いはそりゃもう張り切ってやってるんだけどな」

「末娘は甘やかされがちですが、ハマナスは悪い意味でなくのびのびしていて良いですね」

「だろう？」

うちのお嬢は世界一。

ついにシロは目を細め、得意げにがっしりとした胸を反らせる。

洞穴のような黒くて丸いぼうっとしたものがシロの目だ。本来は眼球が入っている場所だが、シロに眼球はなかった。——生じたときから。

「時がくれば、ハマナスは自分から舟を漕《こ》ぎ出すのではないですか」

「それは仰倉の予言か？　当てにして良いか？」

「この本の影響をまったく受けないと気づいていたからこそ、登呂の主は、ハマナスをここへ遣いに出したのですよね？」

「や。それは、そこまでは、知らん」

「おそらくそうですよ。戻ったら主に確かめてみると良いです。そして、そのことをハマナスにも伝えてあげてください」

選ばれし者は、時がくれば自ら舟を漕ぎ出すものだ。

幸いな出航とは限らないが、それが〝生きる道〟なのだ。

「おう、わかった。じゃな！」

お嬢が出てくる前に正門に戻っていなければ！　と、シロは、仰倉への挨拶を済ませると（雑だが律義なのである）、まやかしのヒトの姿でなく最高速度の出せる四つ足で北門を駈け抜けて行った。

「相変わらず、相当な気に入り様ですね」

多産家系の登呂（は、地名であって家名ではない。ユキの家と同じくこの家にも名字はなく、登呂の地に在るので便宜的にそう呼ばれ、いつしか定着してしまった）に、また赤子が生まれたと聞き、辺りのモノノケたちをわんさか引き連れ物見遊山で見に行って、シロは、一目でハマナスを気に入ってしまった。

以来登呂の家から離れずにハマナスを守護し続けている。

シロの言葉を借りれば、

「ようやく仕えるべき主を見つけた」

の、だそうだ。

一匹狼という言葉があるが、基本、狼は群れを形成し行動する社会的な狩猟動物である。シロにしても、きままな一匹狼の日々よりもハマナスのために奔走する日々の方が、充実していて楽しいのだろう。

なにより、ようよう出会えた、見込んだ相手が目の前にいる。

それは、シロのように〝仕え〟を〝司るモノ〟にとっては、最上の喜びだ。

「おっ遅くなってすみません！」

恍一が息を切らして洋館へ飛び込んでくる。「司書さん、嘉代さんの部屋から、頼まれた物、取ってきました、けど、これで合ってますか？」

頼んだ物はさもない物だ。だが探すのに少々手間がかかるものだ。そして、実は不必要な物である。――内緒だが。

外にシロの気配がしたので、本を届けに来ていた恍一を洋館から遠ざけた。シロと差しで情報交換をするべく。

さきほどの不穏な翳。

北門の外から龍一と朔の様子をじいっと窺《うかが》っていた、湿った視線。機を見て仰倉が動く前に、シロが露払いしてしまった。ハマナスのために。

どのような翳だったのかと尋ねると、

「顔を覗き込んで、用があるのかと尋ねただけでとっとと逃げて行ったよ。ありゃあ、たいしたモノではないな」

シロは豪快に笑った。

「どのような顔をしていましたか？」

「シケた女の顔だった。たいして特徴のない」

やはり女か。

「他には、なにか」

「他にか？　んー。どこの術式かわからないが、なんかなあ」

シロはくんくんと仰倉の匂いを嗅《か》いで、「うん。やっぱりだ。お主と似た匂いがしたな」

匂いで判じるとは。鼻の利くシロならではだ。

「そうですか。わたくしと」

仰倉《じぶん》と似た匂い。──さて。

最近の恍一はことあるごとに仰倉へ、良い匂いがすると言うのだが、そのような匂いを発している自覚は仰倉にはない。恍一が自らなにかを嗅ぎ取っているのかもしれないが、狼のシロではあるまいし、ヒトの身である恍一の嗅覚はそんなに鋭くはない。そもそも、恍一が嗅いでいる匂いとシロの嗅いでいる匂いが同じであるとも限らない。

「合っています。ありがとうございました」

「なにか、他にも、た、足りなければ、また取って来ます、けど」

「いいえぇ、もう充分ですよ」

嘉代の部屋へ、ではなく、本は届け終わったので客間に戻らせても良かったのだが、しばらくは、あの場に恍一がいない方が良いかと判断した。ハマナスの目的は本を届けることではなく、龍一と朔へ結婚祝いを届けることなのだから。

それに、おそらく嘉代も、手の内を晒《さら》すのは好まないであろう。

龍一のことは知られている。幼い頃に引き取って、以来、ずっと（戸籍上では）息子として玉造家にいるのだから当然だ。残念ながら、引き取った男児には本の声が聞こえない。血の繋がった孫なのに。気の毒に、あの家は嘉代の代で終わりであろう。気の毒に。

斜陽の家と思われている。

嘉代は、それを受け入れていた。

おかげで、水面下の権力争いからは外されていた。もし渦中にいたならば朔が呪詛で攻撃され続けていたように、龍一も、常に的になっていたであろう。

だが、新たに引き取られた恍一には、本の声が聞こえるのだ。

玉造家は新しい時代に移ろうとしている。

とはいえ、準備は万全ではない。

本の声は聞こえずとも自由に世界を渡る稀有な力を持つ龍一と、浄化の化身のような朔。知られるのは時間の問題かもしれないが、彼らは、仰倉から見れば、生まれたばかりの赤子である。その力を使い始めたばかりの初心者なのだ。

そして、もうひとつ。

シロから恍一を離した、仰倉なりの理由。

本人はまったく自覚していないが、取り引きが履行されないでいる歪なバランスの中で、恍一はすっかりトリガー《引き金》の習性を帯びてしまった。

恍一が神隠しの噂を耳にしたので、龍一がその世界へ飛ばされた。

勝手に飛ばされたという意味ではなく、そこへの道筋ができてしまったのだ。属性の相性の問題もあろうが、今回は、たまたまかなり強力に往路が結ばれてしまったので、機を見て早々に解決しなければ龍一はおちおちしていられなくなった。油断すると、そこへと問答無用で引っ張られてしまうからだ。

どんな場所からでも帰れる切符《本》を手に、龍一は往路に乗った。

恍一が仰倉と〝不可能〟の取り引きをした結果、好むと好まざるとにかかわらず恍一は次々に道筋を示す。そこへ龍一が解決に向かう。そのふたりを本が助ける。嘉代を含め、代々の玉造家当主によって助けられた本たちが。

これは、脈々と受け継がれた玉造家の集大成とも呼べる素晴らしい循環である。

その最初の一滴は、恍一がもたらす。

意図せずして〝引き寄せて〟しまう現在の自分の有り様を、恍一本人は歓迎していないであろうが、結果的に龍一の渡る力が目覚め、奇跡の存在である朔を救った。今となっては仰倉を玉造《ここ》に留《とど》めている理由のひとつでもある。

取り引きが完全に成立し歪が解決したならばこの循環がどうなるのか。

修正されるのか。

歪なまま止まるのか。

それは仰倉にもわからないが、鼻の利く、見込んだ者にどこまでも追随する習性を持つシロの目に、恍一がどう映るのかは明白だった。

今の恍一には、誰にも予測できない〝可能性〟が潜んでいる。しかも、なにが飛び出してくるかわからない胸が躍るものだ。これほど魅惑的な玩具《おもちゃ》があろうか。

見込んだ相手が目の前にいる。

それは最上の喜びである。

「うっかりしていましたが、恍一さん、わたくしに本を届けた後は客間に戻るように言われてますか？」

「え？　あれ？」

恍一は記憶を巡らせて、「いいえ、特には。本を司書さんに届けるのを頼まれただけで、その後のことは」

『しっかり頼みますよ』

と、本を託されただけだ。

いや。だけってことはない。それが一番、重要なのだから。

「でしたら恍一さん、少し、ここでゆっくりして行きますか？」

微笑《ほほえ》んで誘うと、恍一が頬《ほお》を赤らめる。

虜ではない恍一には、仰倉の微笑みの魔法は効かないはずなのだが、恍一は照れたように目を伏せて、

「えっと。じゃあ、さっきの本の、手伝いを、させてもらえると嬉しいです」

と、言った。

ああ、なんと愛らしい。

恍一は誰にも渡さない。——仰倉の特別なのだから。

ぼくたちの
愛する悪魔と
不滅の庭

かって　うれしい　はないちもんめ
まけて　くやしい　はないちもんめ

あのこが　ほしい　あのこじゃ　わからん
そのこが　ほしい　そのこじゃ　わからん

そうだんしよう　そうしよう

きーまった

「そもそもさあ、〝いちもんめ〟って、なに？」

恍一《こういち》はせっせとショベルで雪を掻《か》き集める。縁側にちょこんと正座して、わくわくとこちらを見ている朔《さく》のために。

「単位。昔の日本の。匁《もんめ》が単位で、一はひとつな。字はこう」

人差し指を空間にささっと走らせてから、慣れた動作でてきぱきと、龍一《りゅういち》もショベルで雪を掻き集める。もちろん、わくわくとこちらを見ている朔のためにだ。

「刃みたいな字だね」

「どっちかって言うと、匂いに近くないか？」

「臭い？　……近いかな。んしょ」

「近いだろ？」

「まあいいや。よいしょ。単位ってことは一グラム、みたいな？」

「そうそう。一匁で三・七五グラム。約四グラムだな」

「へえ？　よいしょっと」

恍一の台詞に、んしょとかよいしょっとかちょいちょい掛け声が入るのは、大きなショベルでの雪掻きに勢いをつけるためである。一方の龍一は、いっさい掛け声が出ない。ふたりの腕力の差は明白であった。

天気予報で伝えられていたとおり、夜半から降り始めた初雪は目覚めた頃にはけっこうな積雪となっていた。このあたりは冬に雪は降るのだが、雪に埋もれる土地柄ではない。たいていが数日のもので、それがシーズン中に何度か繰り返される。

案の定、すぐに天気は回復したので、早晩庭の雪は溶けてしまうであろう。

まるで絵画を鑑賞しているような、広大な庭を一面に埋め尽くした真っ白な雪景色は壮観で、それだけで朔はとても感動していたのだが（恍一も密《ひそ》かに感動していた。冬に雪はほぼ降らない土地に住んでいたのだ）、雪といえば〝雪だるま〟である。

「ゆきだるま⁉　しってるよ！　朔、本で、見たよ！」

と、瞳を輝かせた朔に、

「よーし、ならば本物を見せてあげよう！」

と、立ち上がった恍一と龍一。

せっかくならばと、できるだけ大きな雪だるまを作るべく、恍一と龍一は庭の手入れでたまに使う小さな移植ごて《スコップ》ではなく、足を掛けて使う大きなショベルを物置きからわざわざ持ち出した。こちらは滅多に使わないので扱いに多少の苦労をしつつも、極力、泥を拾わないようにして雪を掬《すく》う。真っ白な雪だるまを仕上げるべく。

だがこれが、なかなか難しい。

少し油断するとすぐに泥土が混ざってしまう。真っ白な面にぽちっと一点だけあっても黒い泥は非常に目立つ。

葉に積もった雪や岩の上の雪、庭のあちらこちらから白い雪だけをまずは集め、山に積み、そこから雪だるまを製作する。

今はきれいな雪をできるだけ集めている最中である。

「一貫って単位、あるだろ？」

「回転寿司の？　一皿に二個のってて一貫って、あれ？」

「それ。でも、飽くまで重さの単位な。個数じゃなくて」

「わかった。匁も重さの単位なんだな」

「グラムに対するキロと同じで一匁の千倍が一貫。だから、一貫は三・七五キログラム」

「寿司が二個で、んーしょっ、と、三・七五キログラムもないよ？」

「だよな。でも寿司の単位は一貫二貫で数えられてる。まあ措《お》いといて、昔に使われていた一文硬貨も三・七五グラム、現在だと五円玉硬貨が三・七五グラム、花一本の重さを基準にした一匁も三・七五グラムで、売買の基準だったそうだ」

「花が一本で一匁？」

「だいたいそんなものだろ？」

「それで、花一匁？」

「転じて〝安い買い物〟って意味らしい」

「なるほどなあ。けど、んしょっ、花を買うの？　わざわざ？」

「買うだろ。花屋があるんだからさ」

「いや、だって、今はさ、っしょい、世界中の花が買える時代だからさ、野の花が咲いてる空き地もないし？　でも龍一、この家は今でも、よそで花を買ったりしないだろ？　ふう」

広大な玉造《たまつくり》の庭には四季折々の花が自生している。温室もなく世界中の花が咲いているわけではないので花屋のように常にいろいろ取り揃《そろ》っているとはいかないが、部屋の一輪挿しに飾る花には不自由しない。しかも、どの花も活きが大変によろしいので、切り花にして飾っていてもかなり保《も》つ。

「俺は買ったことないけどな、花好きはたくさんいるから、きちんとそれ用に育てられた花を買いたい人も、昔からたくさんいたんじゃないか？」

「そうか」

否定はしない。「ってことは、よいせっ、三・七五グラムだから約四グラムとして、四グラムをひとつの単位にして花が売買されてたってこと？　一ダースは十二個、みたいに？」

「多分な。一文を現代の貨幣価値に直すとどれくらいになるかは知らないけど、花一匁が花一本の価値だとしたら、せいぜい数百円ってところだな」

「……数百円」

まったく考えたことはなかったが、「つまり、たった数百円のやり取りを、勝ったの負けたのと真剣にやり取りするのが、あの遊びってこと？」

「だな」

軽く頷《うなず》いた龍一は、「これくらいでいいか」

そこそこ集まった雪の小山を眺めた。

「うん。いい。ふうぅぅ、お疲れさんっ！」

恍一は大きく息を吐く。

庭に出たときに着ていたダウンコートはとっくに縁側に置かれ、セーターも脱ぎたいくらいに暑かった。額に汗までかいている。

水気を通さないビニール製の手袋をきっちりとはめ直し、ふたりはいよいよ雪を丸め始める。わくわくと見ている朔が自分もやりたいと庭へ飛び出してくるのを警戒しつつ。

龍一の言い付けを守り、朔は肩に龍一の丈の長いベンチコートを掛けていた。ウールの着物なので寒くないと朔は言ったが、部屋で待つのではなくて、縁側にいたいなら掛けていなさいと。石ほどではないが、渡り廊下のように窓はなく常に外気に晒《さら》されている冷たい板敷きの縁側に素足のまま座ろうとするので、座布団も敷いて。本人が寒くないと言うのなら大丈夫なのかもしれないし、恰好《かっこう》も本人の好きに任せれば良いのだろうが、心配性の龍一は、朔の「寒くないよ」に取り合わない。

過保護なのかもしれないけれど、こちらの世界へ移ってきたばかりの朔の体を心配するのは当然だし、朔は朔で、龍一にあれこれ心配されることすらも楽しそうなので、恍一は口出しをしない。だが、朔が自分の体調その他をきちんと理解し把握しているとも思っていない。ちいさな子どもが初めての雪景色にテンションが上がりまくり、時間も忘れて雪遊びをし夜に発熱、なんてコース、朔が通らないとも限らない。

育児書にも、生後すぐの赤ちゃんはあまり外気に触れさせてはならないと書いてある。成長につれて徐々に環境になじませてゆくべきと。――洋館にはなんと育児書まであるのだ。本が静かにしていてくれるおかげで、恍一も読むことができた。

見た目は中学生くらいでも、朔は生まれたばかりの赤ちゃんである。こちらの世界に出てきたばかりなのである。――恍一より、(ジャンルによっては)物知りだけれど。

「遊び方としては、ふたつのチームに分かれて、双方誰が欲しいか指名して、ジャンケンや引っ張り合いで勝負したあと、勝って嬉《うれ》しい花一匁、負けて悔しい花一匁、ってなるだろ?」

龍一がざっくりと説明する。

「うん」

幼い頃から親しい友人の少なかった恍一でも、花一匁のルールくらいは知っている。どちらかのチームにひとりもいなくなったら、そこでゲームは終わりだ。「勝ち負けだから、勝てば嬉しいし、負けたら悔しいよね。それを花の売買に置き換えると、勝ちと負けって、言い値で売れて嬉しい、とか、値切られて悔しい、とかなのかな?」

「だと思うぞ」

「たった数百円の攻防にしては大袈裟《おおげさ》じゃないか？」

「なあ？　恍一もそう思うだろ？」

得たりとばかり、龍一はあからさまに声のトーンを一段低くすると、「実はな、それが表の解釈で、裏の解釈が別にあるんだよ」

「裏の解釈？」

恍一の動きが止まる。「――それ、またしても怖い話？」

咄嗟《とっさ》に身構えた恍一へ、

「花はもののたとえで、都合の良い値で買えて嬉しい花一匁、と、売り値を負けさせられて悔しい花一匁、ってね。花は子どものこと、口減らしとか間引きとか理由は様々だろうけど、つまりあれは人身売買を揶揄《やゆ》する歌ってことだな」

やっぱり！

「いやいやいやいやホント怖い話に詳しいですよね、龍一クンは」

先日の翔太《しょうた》から聞いた神隠しの件といい、日本の伝承に詳しいといえばいいのか？　さすが雑学王だよ。

「出たな、怖がり」

龍一がすかさずからかう。

「ウルサイ。怖いものは怖いんだよ」

恍一は見栄を張らずに開き直る。

怖いものは怖い。母親に殺されかけた過去があるのにどうして龍一は平気でこの手の話ができるのだ？　強心臓ったらないな。唯一自分を守ってくれるはずの親に売り飛ばされる子どもの気持ちを想像しただけで辛《つら》いし、子どもを売る親が怖いし、そうせざるを得なかった貧困も怖い。

「だ、だいたいさあ、人の値段がなんで四グラムの花の値段にたとえられてるんだよ。そんなに安いのか？　おかしくないか？」

「当時はそんなものだったってことなんだろ？　人の命や存在が軽く見られて。だから、揶揄されて、遊び歌になったんだろうさ」

「それで良いとは思われてなかったって意味？」

「だろ？　皮肉で作られたんだろ？」

「……なら、良いか」

人身売買はちっとも良くはないけれど、大人の都合で子どもが物のように売買されるのが当然と思われてなかったのならば、まだ。

そんなの、辛すぎるではないか。

「――あれ？　龍一、なんで花一匁の話になったんだっけか？」

「さあ？　忘れた」

「ぼくも」

きっかけはなんだったか。

雪だるまを作りつつ、子どもの頃にどんなことをして遊んでいたかとか、そういう話題からだったかな?

「にしても、この積雪量なら、雪だるまはそこそこ大きいのが作れるけれど、さすがにかまくらは無理だよなあ」

雪山の雪をうまく転がして球を大きくさせながら、龍一が思い出し笑いをする。

「朔は、かまくらまで知ってたね」

恍一も笑う。恍一は恍一で、龍一の遣《や》り方を横目で参考にしつつ、龍一のよりは小さめの雪玉を作るべく。

雪だるまのついでに、かまくらも作ってと朔にリクエストをされた。

「まったくなあ。相変わらずテレビは見まくるし、洋館の本は読み漁《あさ》るし、勉強熱心というか、人間界に興味津々《しんしん》っていうか」

「龍一、人間界って、その表現……」

まるで——、

「俺は、朔を人間だと思ってないから」

恍一の言葉を攫《さら》うように、さらりと龍一が言う。

「え? 人間だと思ってないのに、お嫁さんにもらったのかい?」

性別はともかくとして。

「俺は、朔がなんであれ、朔が良かったんだよ。朔を、迎えたかったんだ」

長い間、魔のモノの仰倉《おおくら》の虜《とりこ》だった龍一。恍一には無理だが、いくつかの異世界へ何度となく足を踏み入れている龍一。そんな龍一にとって朔は、もしかしたら、とても近い存在なのかもしれない。他のどんな人間よりも。

そうか。

「愛だねえ」

恍一が笑うと、

「愛だよ」

龍一も笑った。

ふるさと　まとめて　はないちもんめ
ふるさと　まとめて　はないちもんめ

あのこが　ほしい

あのこじゃ　まからん
このこが　ほしい
このこじゃ　まからん

まるまって　そうだん　まるそうだん

きーまった

かって　うれしい　はないちもんめ
まけて　くやしい　はないちもんめ

凛《りん》とした嘉代《かよ》の横顔は常と同じく、曇った様子は微塵《みじん》も見受けられなかったが、仰倉がわざわざ部屋へ呼ばれたということは、――嘉代が洋館を訪ねることはないが、仰倉が母屋に呼び出されることも多くはないのだ。

「ユキは、今度はなんと？」

慎重に仰倉は訊《き》く。

嘉代の部屋の雪見障子《しょうじ》からは、三人の大きな子どもたちがチームに分かれることなくランダムに雪玉をぶつけあっては、笑い転げて遊んでいるのが見えていた。——恍一対龍一では容赦ないのに、朔に投げるときだけはゆっくりなアンダースローで、あからさまに手加減しているのが彼ららしい。

朔は、おそらく〝投げる〟という行為が初めてである。しかも至ってマイペースなので、激しいふたりに煽《あお》られることなく、投げるというよりも両手でほいっと雪玉を放っていた。たいして飛ばない、その放られた先に恍一と龍一が競って当てられに行くという、本来とは異なる遊び方でこれまたやけに盛り上がっている。

雪の積もった庭を喜んで駆け回るのは犬だけではない。

子どもらは実に元気だ。

が、はて雪だるまの製作はどうなったのか。

積もったとはいえたいした積雪量ではないが、それでも龍一と恍一は朔のために、朔の身長ほどもある大きな雪だるまを作ると張り切っていたはずなのだが。雪だるまになるはずの雪で、雪合戦になったのか？　安易にも。

どうであれ、雪の庭でひとときもじっとしていない子どもたちを部屋から遠く眺めながら、

「龍一はいつ花嫁を連れて挨拶《あいさつ》に来るのかと」

嘉代が答える。

畳に、じっと正座して。

嘉代に合わせ、仰倉も畳に正座して、

「またですか」

何度目の催促であろうか。

「龍一が訪ねて行くのはともかく、朔は無理ですからね」

朔は玉造家の敷地からは出られない。一歩外へ出た途端に動けなくなる。元はヒトでも、変質し、一切の食事を取らない朔の栄養源は玉造家の地の豊饒《ほうじょう》である。絵画のアッシュがみるみる形を得たように、朔もまた、ここにいて、いるだけで、軽々と存在を繋《つな》いでいる。

有象無象の生命力に満ち溢《あふ》れ仰倉には眩《まぶ》しすぎる玉造の広大な庭は、もしかしたら、この世に在りながらの〝異世界〟なのかもしれない。

「龍一さんだけ挨拶に行かせてはどうですか」

「面目は立ちますが、あちらは承知なさらないでしょう」

「それは残念」

仰倉は笑う。——わかっていて、敢《あ》えての提案であった。「ユキは、朔を取り戻したいのでしょうか」

「それはわかりませんが、雪《ゆき》さまのことです、朔に会ってしまえば、欲しがるでしょう」

「その権利はユキにはありませんよ？」

「なくても、です」

無理を通せば道理は引っ込む。ユキは無理を通すのが好きだ。

だが、と、仰倉は考える。

「ユキは、相変わらず、役の姿のままですか？」

執拗《しつよう》な催促、単なる我というだけではなさそうだ。

名字を持たぬ家の主《あるじ》たちは名字を持たぬ〝家〟をなにより最優先にしている。家を守り繁栄させることが彼らの正義なのである。正義はさておき、だがあいにくと正義感というものは冷たく硬い。そこに種を蒔《ま》いたところで芽も出ない。正義感は、主張し押し付ける側は熱く燃えているものだが、受ける側は分厚い氷で押し潰《つぶ》されてゆくようだ。

正義と正義感は似ていて遠い。

そして正義感に燃えている者は、たいてい己の欲望以外なにも考えていない。己の信じる正しさを武器にして、調和を崩してゆくばかりだ。

仰倉から見れば、ヒトの正義感は、柔らかで温かなヒトの愛情との、対極にあるものだ。

ユキは、引かない。

「……そのようですね」

嘉代が答える。

「跡継ぎは無事に生まれたのに」

「ええ」

「なるほど。やはり、ユキには物足りない跡継ぎでしたか」

生まれる前から力不足は把握されていたのだ、朔にもユキにも劣る者と。それでよしとしていたのだから、それはそれとすべきであろうに。

もしくは想定を遥《はる》かに下回っていたということか。老いと衰えが始まっているユキにすら、現状敵《かな》わないのだとすると。

「なにか、感じていますか？」

嘉代の抽象的な問いかけに、

「もちろんですよ」

仰倉はあっさりと意図を酌《く》む。

最近の玉造家の周囲は賑《にぎ》やかだ。庭で雪玉をぶつけあう三人の子どもたちの盛り上がりの比ではない。

嘉代が式をすると決め、ほうぼうに使いを出してからはよりいっそう賑やかになった。それまでもたびたび探りは入っていたが、より強く周到なモノが飛んでくるようになった。

「裏からの訪問は受けています。ちゃんと北門から入って来られたならば、わたくしとしてもきちんと応対するのですが――」

黒い呪詛《じゅそ》をメインに扱う家だからか、「いけませんね。ユキの遣いはまったく作法がなっていません」

それとも、主と似た気質のモノを呼ぶからか。端から強引な手に出ようとする。

「そうですか」

静かに嘉代は頷いた。

もともと魔のモノは正攻法では玉造の敷地内には入れない。今となっては、無尽蔵に溢れんばかりの朔の浄《きよ》めの気がたまに庭から屋敷の外にも漏《も》れ出てしまい、うっかり触れてしまったならば、禍々《まがまが》しくあればあるほど瞬時に消失してしまう。

「要するに、ユキは現在の玉造の家に、興味津々なのですね？」

愉《たの》しげに仰倉が笑う。

ユキの家だけではない。代々、裏の世界の表舞台には決して立たぬ玉造家。役目が〝本〟のみと限られているので、たとえ平和な世を転覆させるとてつもない魔の書が出現したところで、相手にするのは本である。

ただ粛々《しゆくしゆく》と、本に安寧を齎《もたら》すのだ。

それが人の世の安寧に繋がっている。派手な呪術は使わない。

攻撃もしない。権力にも擦《す》り寄ってはいかない。仰倉がお気に入りの、どこまでも静かで、静けさを守る家である。

その家に今とてつもない存在がみっつ、生まれた。——目覚めた。という表現の方がより正確であろうか。

ユキが龍一と恍一を見分しに現れたように、玉造家に関心を持ち始めた家々が、彼らを見分しようとしている。術や魔のモノを次々と飛ばして。

「どうしても来ないのであれば、あちらが出向くと」

「——おや」

仰倉は目を見開く。

結果、すべてが徒労に帰しているので、このままでは埒《らち》が明かぬと、ついに主のうちのひとりが正攻法で乗り込んでくるということか。

なるほど。

前回から日を置かずにまたユキが来訪する。それは、各家から朔と龍一の婚姻祝いが届けられるのとはわけが違う。

「ユキの訪問を受けるのですか？」

「孫の嫁に挨拶をしたいという趣旨ですから、断る理由はありません。遅かれ早かれ、訪ねて来られるであろうと思っていましたし」

「予想の範疇《はんちゅう》であったということは、つまり、ユキからの、嫁を連れて挨拶に来いという命令は断らざるを得ないが、仮に朔が家から出ても大丈夫であったなら、ふたりを挨拶に行かせていたということですか？」

「もちろんです。会わせることそのものは、避けようがありません」

それどころか自慢の孫と嫁である、むしろ全世界に見せびらかしたいほどだ。——だが。

「では、懸念はなんですか？」

改めて仰倉が訊く。

表舞台には決して立たぬ玉造家。

「わたくしにはまるでわからないのです」

雪さまは朔のことを、他の家にどう伝えているのであろうか。「このような出来事は玉造家が始まって以来、初めてのことですから」

あまりに耳目を引き過ぎている。

「……そうですね」

「わたくしの望みは、朔を含め、家族の皆が安寧であることなのです」

本だけでなく。人の世だけでなく。「望みははっきりしているのですが、家族と家を守るためにどう動くべきかが、わからないのです」

仰倉は嘉代の目を捉《とら》え、

「それは、わたくしと取り引きをしたいということですか？」

と、問うた。

悪魔との取り引きには〝不可能〟が求められる。

嘉代は胸の奥深くまで息を取り込むと、

「先の短いわたくしに差し出せる、願いに見合う不可能は、残っていますか？」

と訊いた。


「倫子《のりこ》はどこにいる」

主が訊いた。

「さあ？　いつものように、自分の部屋にいるのではないですか」

興味なさげに跡取り息子が答えた。そして、「あいつはただ家にいるだけで、何の役にも立ちません。主、減らす手立てはないですか」

冷えた声で続ける。

まがりなりにも倫子は姉である。それを〝減らす手立て〟とは。もっと増しな言い方はいくらでもあろうに。

だが、跡取り息子の発言を諫《いさ》める者はこの家にはひとりもいない。

「部屋にいないから訊いている」

主が返す。

「……珍しいこともありますね。主があいつに用があるとは」

名字のない家に生まれて、術を扱う力もないとは、どうにも潰しがきかない。最大の活用法は有力な家との縁組に使うことで、女子であれば嫁がせる。倫子には、まるで彼女の身の上のすべての不運を埋め合わせるかのような、千年に一度あるかないかの奇跡の縁組が訪れた。だが、それが成就することはなかった。

相手が死んでしまった。生まれると同時に滅する呪詛をかけられてしまい、長い長い闘いを経ても、誰も解くことができなかった。

死を知らされるまでにかかった長い年月。待つだけの日々は絶望のように長い。けれど待つだけの価値はあった。だが彼女は〝死の知らせ〟を待っていたのではないのだ。ついに嫁げると、希望の鐘の音を聞くためにいたのだ。

愛するものを失った悲しみではなく、希望を失ったことに、消沈した。

一度でも夢のような縁談に出会ってしまうと、他のどれもが見劣りする。相手を選《え》り好みできる贅沢《ぜいたく》な立場ではないのに、同等もしくはそれ以上を望んでしまう。

そうして年だけ取ってゆく。

縁談は、訪れなくなる。

まだ三十を過ぎたばかりなのに、まるで老女のような扱いをされる。見た目すらも、老女のようになってゆく。世間では、三十歳の女性などまだまだ若く美しいものなのに。

「主、あいつにどのような用ですか？」

俄然《がぜん》、跡取り息子が関心を示す。主が自ら捜してまでの用向きとは。

「倫子に最近、変わったことはなかったか」

だが、逆に訊かれた。

「あいつに変わったことですか？」

訊かれても、「さあ？　わかりません」

そこにいてもいなくても、視界に入れる価値すらない姉の変化など、あったとしても気づきようもない。

「そうか」

大きな変化であれば、誰しもが気づくであろう。ささやかな変化であれば、誰にも気づかれぬだろうが、あれを読むこともできぬ。

だが、倫子は読んだのだ。読めぬはずのものを。

蟻《あり》の溜《た》め息でさえ聞き逃さなかった耳聡《みみざと》く鋭敏な妻は、数年前に他界してしまった。彼女がいれば、もっと早くに気づけたであろうか。

「……どうしました、主？」

ようやく、不穏な空気が跡取り息子にも吹いた。

主は、跡取り息子の肩をきつく摑《つか》むと、

「心して聞け」

と、告げた。

「――はい」

「倫子は、開けてはならぬ扉を開けたかもしれぬ」

「……それは、どういう意味ですか？」

「取り引きだよ」

「……取り引き？　まずい取り引きをしたのですか？　誰と？」

「相手はわからぬ。だが、無から有を生み出せるものだ」

「それは、不可能を可能にしたということですか？」

あれを読むためだけの取り引きなのか。

それ以上なのか。

「わからぬ。――探れ」

「はい！」

跡取り息子はいくつかの黒い影を伴ってその場を離れる。

雪からの親書、雪がかけた送り先の主以外は読めないまじないを解いたものがいる。今まで、
ただの一度も解かれたことのないまじないが。

倫子の力では永遠に解けぬ。だが、あれを倫子は読んでいる。――最も読ませてはいけない者のひとりであるのに。

「司書さん、いますか？」

昼間であっても薄暗い洋館に恍一の声が響く。

南天の実の赤い目と緑の葉の耳をした手のひらサイズの雪うさぎ。形は多少不恰好だが、それなりに可愛《かわい》く仕上がったと思う。自己採点ではちゃんとうさぎに見えている。

雪だるまを作るべく初雪を山と掻き集めたのだが、恍一と龍一で雪玉をころころと転がして大きく育てている最中に、予感的中、わくわくな朔が縁側から飛び出してきた。

朔もやりたい。朔もやる。止める間もなく雪玉を作り始める。いくつも、いくつも。

けっこうな大きさの雪玉をふたつ作って、大きな雪だるまを作る予定でいたのだが、おにぎりを握る要領で朔がどんどんと小さな雪玉を量産するので、計画は変更になった。

雪の上に裸足でも冷たくないと言う朔に素早く子どもサイズの長靴を履かせ（雨天でも庭を散歩したい朔のために嘉代が買ってくれた長靴である）、素手で雪玉を作る朔に（スキー用の龍一サイズではあるが）手袋をさせ、肩に掛けていた龍一のベンチコートは縁側に置き去りにされてしまったが、恍一と龍一も上着は着ていないのでよしとして、そうこうしていると、気づいたら雪合戦になっていた。

時間を忘れ夢中で遊び続けていると、嘉代に声を掛けられた。

そろそろ日没になるので、日が暮れてしまう前に朔はお風呂に入りなさいと。雪まみれ泥まみれで寝てはいけませんと。

龍一が朔を風呂へ連れて行き、ふと見るといつの間に作ったのか、縁側に向かってちょこんと雪だるまが立っていた。

「……さすがだ、龍一」

途中から恍一は雪だるまのことなどすっかり忘れていた。嘉代に呼ばれてから風呂に行くまでの短い間にぱぱっと作ったのだろうが、赤い両目と黒い鼻、小枝の両腕に葉っぱの口まで、ちゃんとついている。

縁側に顔を向け、やや高い場所に置かれている。向きも位置も完璧である。朔はこの縁側を通るたびに（雪が溶けてしまうまでは）雪だるまを見られるだろう。

『愛だねえ』

『愛だよ』

さっきのやりとり。だが、からかいや冗談でなく、龍一の朔へのこまやかな愛を感じた。

「遊びにうつつを抜かしていても、龍一は朔との約束を忘れないんだな」

さすがだ。

と、なぜか仰倉の顔が脳裏に浮かんだ。

そしたらとても会いたくなって、龍一が朔に雪だるまを作ってあげたように、恍一も雪だるまを作って仰倉にプレゼントしたくなった。のだが、雪だるまを室内に持ち込むのはどうなんだろう？　安定した形とはいえない雪だるまがバランスを崩して壊れたら、周囲をびしゃびしゃに濡《ぬ》らしてしまうし、汚しても、しまいそうだ。

龍一の作った雪だるまの両目に使われている、まるっと赤い南天の実。

「そうか！　そうだ、雪うさぎにしよう！」

恍一は閃《ひらめ》いた。

うさぎならばだるまよりは安定した形だし、皿に載せておけば溶け始めても平気だ。念の為に溶けた雪が溢れ出ないよう、高めの縁の皿を使おう。

恍一なりに工夫して洋館に持ち込んでから、ハッとした。

「本は水気を嫌うんだったか？」

たかが手のひらサイズの雪うさぎとはいえ、雪は水分である。もしかして、湿気のカタマリを持ち込んだことに、なる、のかな？

「これはまた、可愛らしい」

前触れなくいきなり背後から肩越しに覗《のぞ》き込まれて、恍一はびっくりしつつも、――よくあることだし、怖くはないが、いきなり顔の真横に、となると、やはり驚いてしまう。

「あのっ！　司書さんにと思って、さっき作ったんですけど、あああの、玄関にでも置いてくださいっ」

「玄関にですか？　それはどうして」

「室内だと、水気が……」

「ああ。本の心配をしてくださったんですね。ありがとうございます」

恍一の手から皿に載せられた雪うさぎを受け取った仰倉は、しげしげと眺め、

「これは……、猫？」

と訊いた。

「ええ？　え。や。うさぎ。です。雪といえば、雪うさぎ？」

「失礼しました。うさぎでしたか」

「けっこう自信作だったんですけど、猫？　猫に見えますか？　おかしいな」

うさぎの耳っぽい長細い葉を選んだし、そもそも、猫の目って赤かったっけ？

「冗談です」

笑った仰倉は、雪うさぎを北窓に面した愛用の作業机にそっと置くと、「溶けるまで、ここで楽しませていただきますね」

恍一へ向き直る。

それだけで、恍一の胸がきゅんとする。——溶けるまで、ここで楽しませていただきますね。とは、なんと嬉《うれ》しい言葉だろう。司書さんが、ぼくからのプレゼントを喜んでくれた。

恍一の手を取り、両手で包んだ仰倉は、

「雪遊びですっかり冷えてしまいましたね」

と、囁《ささや》く。

鼻と鼻が触れそうになるほど顔が近づき、恍一は、目を閉じた。

包まれた手が温かい。——仰倉は悪魔なのに。

重なる口唇も温かい。——この人は、悪魔なのに。

どうしよう。しあわせだ。

悪魔と取り引きをしてしまった自分は、もっと苦しまなくてはいけないのに。きっと、そういうものなのに。

「……司書さん、今日も、良い香りがします」

恍一が囁く。

「なにもつけていませんよ？」

仰倉の、いつもの否定。

「わかってます」

伝えたいのは、そうじゃない。

「もっと強く、嗅《か》ぎたいですか?」

恍一を引き寄せて、仰倉が訊く。――ああ、良かった。伝わってる。

「嗅ぎたいです」

もっと強く。

もっと近くで。


昔ながらの薪《まき》で焚《た》く風呂の、木製の湯船。手元で温度調節可能なガス給湯器の配管は済ませてあるので、ふたつある蛇口の新しい方を捻《ひね》ると、いつでも好みの温度のお湯は出てくる。

けれど湯船にはなみなみと、熱すぎず、ぬるすぎず、な湯が張られていた。

毎回、どうしてこうもどんぴしゃりな温度で湯が沸かせるのか。薪なのに。嘉代が沸かしてくれているものと(他にいないので)疑いもしなかった龍一だが、今はいつ気づいているので、誰が沸かしてくれているのかは知らないが、それは嘉代以外のなにかで、龍一が玉造家に引き取られてから毎日入っていた風呂は、なにかが常に最適の温度で沸かしてくれていたもので、現在も、そうである。

という不思議議。

風呂を沸かしたいモノが沸かしている。ヒトに入ってもらえないと、悲しむ。

それもまた、不思議。

玄関には靴を揃えたいモノがいて、もちろんイタズラ好きで散らかすのが好きなモノもいるけれど、片付けが好きなモノもいて、龍一にはまったく彼らの姿は見えないけれど、――気配を感じることもできないのだが、朔は、そのモノたちとも会話をする。

「ちょっと、ぬるい」

朔が言う。

湯船の前で、湯面を覗き込みながら。

「見ただけでわかるのか？　そんな才能もあるんだ、朔？」

驚いて訊くと、

「おしえてくれた」

朔が笑う。「ひえたから、ぬるい」

「もしかして、ずっと外にいた俺たちの体が冷えてるから、お湯と体温の温度差を少なくするために、いつもよりぬるめになってるってことかい？」

汗までかいて庭で走り回っていたけれど、本日の外気温度はマイナスである。冷えることには苦労しない。

朔はふふふと笑い、

「あたり、だって」

「そうか。――なるほど」

そうやって、常に温度調節をしてもらっていたから、自分は毎回、快適に風呂に入っていられたのだな。

いや、すごいな。これはもう、風呂沸かし職人だな。

「だとすると、湯船につかって体が温まってくるにつれて、冷たく感じられるようになっちゃわないか？」

「だいじょうぶ」

また朔が笑う。「かねつ。するって」

「かねつ。過熱？　追い焚きしてくれるってことか！　へえええええ」

感心しつつ、先に湯船に入った龍一は朔の脇の下に手を入れて、ひょいと持ち上げ、湯船に入れる。およそ一メートル四方の正方形の湯船は、大きさはそれほどでもないが深さがかなりあるので、ふたりで肩を並べ足を伸ばしてのびのびと、は、しにくいが、しゃがんでゆったり肩まで浸かるのであれば、ここに恍一がいても余裕の広さであった。――間違っても誘わないが。

朔の裸は誰にも見せない。男同士であろうと、恍一にも見せない。

嘉代に頼まれたのは朔を風呂に入れることだったのだが、どうせならと、龍一も一緒に入ることにした。もちろん朔はひとりでちゃんと風呂に入れる。ひとりで体も洗えるし、風呂がなにをする場所か理解しているしほかほかするのも気に入っている。

ただ、龍一と入るときは、少し、意味合いが変わる。

いつもは湯船に浸かってちいさく歌を口ずさんだりしている朔の、あどけない口唇に、口唇を重ねる。背中に腕を回して抱きしめると、朔も龍一の背に腕を回す。

お湯が汚れてしまうので（後から入る家族に申し訳ないので）いくところまではしないが、浮力を借りて、いつもは難しい朔の体の箇所に体で触れる。

湯の中に広がる銀色の長い髪。

徐々に甘く熱を帯びてゆく朔の吐息。

「朔、朔……」

何度も名前を呼びながら、龍一の体のすべての肌で朔の肌のすべてを味わう。

「龍一、お部屋、かえりたい」

朔がねだる。意味は、触るだけじゃ嫌、である。

ねだるときの朔からはみるみるあどけなさが消え、ときとして龍一よりも大人びて見えることもある。正しく生まれ出ていれば、十九か二十。あの世界からは外へ出ていないとしても、朔があの世界に誕生してからは二十年くらい経《た》っているのだ。この世界の知識に浅くとも、朔には異世界で二十年を過ごした、龍一には及びようのない深みがある。

あどけなさを持つと同時に朔は成熟もしている。――そのギャップにも、やられている。朔と

出会ってからずっと、龍一はやられっぱなしなのである。

儚《はかな》くて、頼もしく、聡明で、あどけない。

ああ、朔。まだ、他の家族が入るのに。

日暮れのオレンジ色が赤みを増し始めた窓の外、朔はもうすぐ、すとんと寝落ちしてしまう。

谷間を滑らせた指の先で窪《くぼ》みをゆるりと押すと、朔がびくんと体をのけ反らせた。

お湯を汚すのは、他の家族に申し訳ないのに。

部屋へ帰るまで待てない。今、ここで、朔が欲しい。

かって　うれしい　はないちもんめ
まけて　くやしい　はないちもんめ

あのこが　ほしい
あのこじゃ　わからん
このこが　ほしい
このこじゃ　わからん

そうだんしよう　そうしよう

きーまった

ちゃん　とりたい　はないちもんめ
ちゃん　とりたい　はないちもんめ

スマホ、スマホ、スマホ。あの子も、スマホ。

「……そりゃそうよねぇ」

二宮金次郎《にのみやきんじろう》の銅像じゃあるまいし、いまどき、文庫本を片手に持ち歩いてる男子高校生なんていないわよね。

でも東《ひがし》高の生徒なら、文庫本を片手に歩いていてもおかしくはない。

東高は有名な進学校で、偏差値も高く、スマホの画面を眺めるのと同じくらいの気軽さで読書もしていそうだ。

「――って我ながら、かなり強引な推理だけど」

推理というより、こじつけか？

公立の中学生も金ボタンのタイプの詰め襟《えり》を着ているが、彼が中学生である確率はほぼゼロである。大学生かもしれないくらいに大人っぽかったのだから。そして、このあたりで金ボタンの詰め襟の制服といえば地元の東高だ。あの男の子が実在しているとも、あの出来事が現実だったかもわからないのに、僅《わず》かな記憶ではあるがよく似ていた気がして、つい、東高の周辺をうろうろとしてしまう。

幸いなことに東高は駅に近く、お洒落《しゃれ》なショップが並ぶエリアにも近いので、仕事帰りや休日にうろうろしていても訝《いぶか》しがられることはない。ただし東高を含めほとんどの高校は既に冬休みに入っているので、うろうろとしていたところで、男子高校生らしき少年たちはたくさん見かけるのだが、一目で東高の生徒とわかる制服姿の男子生徒の数は多くない。

珍しく積もるほどに降った雪は、人通りの多い所のみざっくりと除雪されているのだが、行き交う人はいつものようには歩けずに注意深くしているので、街全体のスピードがゆっくりしているように映った。

おかげで捜しやすい。顔もろくに見ていないのに。覚えているのは詰め襟の制服と、彼が手にした文庫本（タイトルまではわからないけど）、それから、自分を強く押し出してくれた迷いのない毅然《きぜん》とした佇《たたず》まいだ。

でも。

ふたりといない、あの空気感の持ち主は。

だから、見ればきっとわかる。そんな気がする。

家族からは外出のたびに心配をされている。当然だろう。自分がいない間、生きた心地がしなかったと、母などはあんなにダイエットを頑張っていたのにちっとも減らなかった体重が、この数週間で数キロ落ちて結果オーライだけれども、二度も味わうのは嫌だと言った。

父もだ。

痩《や》せたというか、やつれていた。

けれど、名前を呼ばれても迂闊《うかつ》に返事はしない。そう強く心に決めて、紗理奈《さりな》は前に進むことにした。

怖がって家に引きこもっていたところで、ああいうのは、外とか家の中とか関係ないのではないかと思ったのだ。

なにより、外に出ないと捜せない。

ありがたいことに仕事先は行方不明だった期間を有休消化と処理してくれて、いつでも復帰していいよ、なんなら明日からでもいいよ、と言ってくれた。ＰＴＳＤ（心的外傷後ストレス障害）の悪化を危惧して、無理でなければ社会復帰は早めが良いというアドバイスを受けたそうだ。

大学を出て就職先を決めるときに、友人のお姉さんが子育て休暇に入ることになって、その会社のケアがあまりに温かくて、仕事の種類はまったくの専門外だったけれど、やる気があるなら就職試験を受けるといいよと推奨された。

自分になにができるのか、社会に役立つような、そんなものがあるのかないのか、好きなことはたくさんあるけど、人に誇れる得意なものってなんだろう？　と、自分を信じてあげたいけれども自信はなくて、でも、昔の家事手伝いとか花嫁修業みたいに、学校を卒業して結婚して主婦になるまでの間、父親の収入だけで娘が働かずに家にいる、などという、現代はそういう慣習ではないし、父親の収入だけで一家がなに不自由なく暮らせるわけでもないし、女性の人生の選択肢だって家事手伝いや花嫁修業以外にもたくさんあるし、おそらく大変な苦労を経て先人が増やしてくれたし、価値観も変えてくれたのだ。

別に、それが許される裕福な家ならば、ずっと家にいても良いだろう。家事手伝いをしたり、習い事をしたり。

でも紗理奈は、家の外にも仕事場という居場所を作ることができたから、勇気を奮って、外へ出ようと思えたのだ。

仕事のために。あの高校生を捜すために。心配している家族に安心してもらうために。外へ出る。母の声で、——他のどんなに親しい人の声だとしても、呼ばれても迂闊に返事をしない。

強く。決めて。

『紗理奈ちゃん』

と自分を呼んだ母の声。

母ではないなにかに母の声で呼ばれるという、気持ちの悪さ。糸電話で聞こえる声は糸を伝わってきた相手の声だが、スマホの通話の声は実際の相手の声ではないそうだ。限りなく相手の声に近い音声をスマホの中で瞬時に組み立てているらしい。

あれも、それ、なのだろうか。

これも怪談のひとつなのか、妖怪や幽霊が人間に声をかけるときには〝一声〟でしか呼べないという、古くからの言い伝えがあるそうだ。もしその声に返事をしてしまうと、魂を奪われてしまうと考えられていたそうだ。だから、夜道など相手がよく見えない状況で他人に声をかけるときには、自分がそういうモノではないと証明するために、二度、繰り返して呼びかけるのが礼儀だったのだそうだ。

文明開化と呼ばれた明治時代に入っても、地方によってはその風習が根強く残っていて、「もし」とただ一言声をかけただけでは相手は答えを返してくれなかったと書き残している民俗学者もいる。

相手の姿が見えない電話で「もしもし」と「もし」を二回繰り返すのは、そうした風習の影響だという説もあり、つまり、電話をかけるときに「もしもし」と二回繰り返すのは、自分が妖怪や幽霊ではないと相手に証明するためなのだそうだ。

現在、そこまで気にして電話口で「もしもし」と呼びかけている人はいないであろうが、根っこのところの妖怪や幽霊を恐れる気持ち、そこから派生した古来からの風習が、今もおまじないのように残っているのだろう。

その、魂を奪われるとの伝承が、紗理奈が体験したものなのかもしれない。この世界から消えてしまったのだから。もしくは、世間でいうところの〝神隠し〟なのかもしれないし、どちらにせよ、浦島太郎《うらしまたろう》の物語のように、戻ってみると随分と日にちが過ぎていた。どこともわからぬ世界でなす術《すべ》なく、ただひたすら絶望に打ちひしがれていたけれども、終わってみたらせいぜい数日だったように感じたが、実際には数週間が過ぎていたのだ。

警察には、届けの出ていた失踪事件が解決したと処理してもらった。不測のトラブルに巻き込まれ、数日間記憶を失い、周辺を彷徨《さまよ》っていたが、ようやく家族を思い出し帰宅することができた。という筋書き。

神隠しにあったときに落としたバッグは、親切な目撃者によって警察から家族に届けられていたので、紗理奈としては、――あまりに現実離れした体験で、バッグもちゃんと手元に戻ってきていたので、殊更に自分は神隠しにあいましたなどと主張する気になれなかった。

勝手にネットで噂《うわさ》されたり、雑誌の記者に接触されたりもしたけれど、突然の記憶喪失でしばらくのあいだ自宅へ帰ることができなかった、という筋書きの方が、神隠しにあっていました、より、よほど通りが良いし、騒ぎを収束させるにも効果的だった。

興味本位でずけずけと踏み込まれたくなかった。あの辛《つら》さ。恐怖。そもそも体験しなければわかるまい。紗理奈が不可解な世界に飛ばされ、絶望にうちひしがれていた事実を知っているのはあの男子高校生だけなのだ。

なにもかもが唐突で、この世界へ押し出されたときに紗理奈は当惑していただけだった。あのあと家族が迎えに来てくれて、家へ帰って、母の手料理を食べ、お風呂に入って、自分の部屋の自分のベッドに横になって、ようやく落ち着いてから、ハッとした。

ありがとうを伝えてない。彼は紗理奈の命の恩人なのに。

でもどうやって？　お礼を伝えたくとも彼がどこの誰なのか知らないし、調べようにも、なんの手掛かりもないのに？

「彼が、さまよえるオランダ人でないといいけど」

またはフライング・ダッチマン。世界的に有名な幽霊船の怪談である。

もしくは、彼があの世界の住人だとすると、――もう会えない。でもだとしたら、会えない方が平和なのだが。

けれど、もしこの世界で会えたならお礼が言いたい。それから、あの世界がなんだったのを教えてもらいたい。紗理奈ちゃん、と、自分の名を呼んだものの正体や、どうして、紗理奈があそこで救いを求めていたのを知ったのか、どうして、紗理奈を助けてくれたのか、どうして――。

「――あれ？」

動く文庫本が目に入った。

電車の利用客だけでなく待ち合わせも多い駅前のロータリー。

明るい栗色の髪のすらっとしたコート姿のサラリーマン風の青年が、この寒さの中、手袋なしで、片手に文庫本を持ち、颯爽《さっそう》と歩いていた。こちらを背にしているので顔は見えないが、雰囲気としては、社会に出てすっかり大人びたあれから数年後の高校生、と、

「思いたいけど、別人よね」

硬派と軟派くらいに雰囲気が違う。

でも気になる。なにせ彼は文庫本を手にしているのだ。無造作に片手で持って、足場の悪い道をすたすたと歩いているのである。

目で追ってしまう。

彼とすれ違った女性たちが（年齢に関係なく）さりげなく彼を気にしたので、おそらく、かなりのイケメンなのだろう。

やがて彼が文庫本を持っていない方の手を挙げた。――ああ、待ち合わせか。相手を待たせていたのか。それで急ぐようにすたすたと歩いていたのだな。この大雑把にしか除雪されていない滑りそうな道を、ものともせずに。

上品なグレーのコート（襟のふわふわなファーは本物であろう）をすっきりと着こなした、紗理奈よりやや年上のとても綺麗《きれい》な女の人が、彼へと微笑《ほほえ》みかけた。――美男美女カップルということか。

恋人同士の待ち合わせをいつまでもこっそり観察しているのは、物欲しそうと誤解されてもや

むなしなので、紗理奈は彼らから視線を外す。

彼から差し出された文庫本を嬉しそうに受け取る彼女に、読書好きのカップルって、楽しみが倍になりそうで羨《うらや》ましいなと思いつつ。


聞き捨てならない。

「……まじないが破られただと？」

静かに激昂《げっこう》する雪に、

「俄《にわか》には信じ難いのですが……」

遣いは当惑気味に答える。

日本人形のような、見た目は幼い少女だが雪の正体は老人である。だがただの老人ではない。三四半世紀の年月を少女の姿で過ごしている（姿を保ち続けていられるほどの）、強力な呪術者なのである。

雪の送る親書は、宛てた当人のみが読むことができる。過去にまじないが破られたことはないし、あのまじないを破れる呪術者は雪の知る限り、存在しない。

「しかも、あの倫子がか？」

「はい」

「本人には無理だ。誰か、手引きした者がおるのだろう？」

倫子の力では、親書の存在にすら気づけぬはずだ。

「あの……」

遠慮がちに、遣いが口を開く。「まじないの、かけ間違いという――」

「あるはずがなかろう！　誰だと思っている！」

「申し訳ありません！」

遣いは額を土間にこすりつけて謝る。主から万が一を尋ねよと言い付けられていたので口にしたが、主の命令とはいえ、この質問は心底恐ろしかった。「申し訳ありませんっ！」

再び謝り、額をこれでもかと土間にこすりつける。

「よい。主はどう見ている」

「はっ」

遣いは顔を上げると、「倫子さまに何者かが力を与えたかもしれないと」

「あのまじないを破れるほどの力をか？」

「そ、それは、わかりませんが」

遣いの知る限り、そのような大きな力を人に与えるのは不可能に近い。「と、取り引きを、したのではないかと……」

ヒトではないナニモノかと。

「──なるほど」

雪はゆっくりと頷いた。

取り引きとなれば、ありえるかもしれない。だが、たかが一通の親書を読むためだけに魔物と取り引きをする愚かな人間には、まだお目にかかったことがない。

「倫子には少なからず恩がある」

彼女は、生まれてくるはずの赤子の許婚《いいなずけ》候補のひとりであった。正式な許婚が決まる前にすべては白紙に戻されたのだが、それまでの間は、許婚候補たちは問答無用で待たされていたし、別の選択をできずにいた。

白紙に戻されてすぐに、別の家に嫁いだ娘は多かった。──現在は、倫子以外は全員他家に嫁いでいる。

倫子は他の誰よりもこの縁に熱心であった。己の人生を賭《か》けていた。

切り換えのできない哀れな娘。

さりとて今年生まれた赤子の許婚候補には、とうてい選べない。十歳差ならばともかく、三十歳差ともなると。

「あの辛気《しんき》臭さはいただけないが、許婚のひとりにと持ちかけたのはこちらだ」

計画では、生まれた男子と許婚たちとを共にひとつ屋根の下で過ごさせ、時機が来たら男子にひとりを選ばせることにしていた。生まれたと同時に滅する呪詛さえ受けなければ今頃は、あの娘たちのうちの誰かが男子に嫁いでいたであろう。

だが、呪詛を防ぎきれず、永きの攻防に耐えきれなくなり、呪詛を成就させることで終結させた。終結しているということは、あの赤子は滅されたのだ。

「協力できることがあれば惜しみはせぬが、それで？　そちらの主はどうするつもりだ？」

「跡継ぎさまが手の者と共に探っております。倫子さまが家に仇為《あだな》すようであれば、処さなければなりません」

「当然であるな」

「まずは一刻も早くお報《し》らせすべく、馳《は》せ参じました」

「わかった。ご苦労であった」

「はい！　恐れ入ります！」

土間に低く一礼して、遣いが立ち去る。

――滅されたはずの赤子は、龍一の嫁になっている。

実に不可解だ。

しかも、救い出したのはあの悪魔ではなく、龍一と恍一だという。嘉代の息子の息子たちとはいえ、見分した限り、

「あの凡庸《ぼんよう》なふたりがか？」

未だに信じられない。

悪魔と取り引きをした結果、救い出したのであれば、よくぞやってくれたと誉《ほ》めもするが。

雪には手は出せなかった。――仰倉との取り引きはあまりに危険だ。だが玉造家には悪魔と取り引きをした結果の喪失が見られない。

あの家は、なにも失ってはいない。嘉代が言っていたとおりに、仰倉とは取り引きをしていないのだ。

倫子に力を与えられるモノ。

仰倉であれば、雪のまじないなど簡単に破れる。他のどの力ある呪術者が挑んで破れずとも、仰倉ならば赤子の手を捻るよりも造作はない。

「……あやつか?」

仰倉が、倫子と取り引きをしたのか?


暗い室内に明かりを灯《とも》すと、文机《ふづくえ》の上に、皿を敷いた小さな雪だるまが置かれていた。

『おばあさまへ』

と、朔のたどたどしい文字が書かれた紙片が添えられている。

「おやまあ」

口元が緩む。

暖房設備のない嘉代の部屋は屋内なれど外気とさほど温度の差はなく、朔が作ってくれたのならば陽《ひ》のあるうちからそこに置かれていたのだろうが、かれこれ数時間室内にあっても、雪だるまは解け始めてはいなかった。

日没を迎え周囲はすっかり暗くなり、とはいえ夜は更け始めたばかりだが、朔は既に龍一の部屋でぐっすりと眠っていることだろう。

上下に重ねられた丸いふたつの雪玉は少々歪《いびつ》な形だが、南天の実の赤い両目と小枝の口は、可愛らしい表情で配置されていた。

生まれて初めての雪だるま。

それを、嘉代のために朔が作ってくれたと思うだけで、胸の奥がほうと温かくなる。

龍一も恍一も孫として、それだけでも愛《いと》しい存在であるけれど、朔は血の繋がりこそないが、同じようにとても愛しい。

こちらの世界にきた瞬間から、朔は嘉代を慕ってくれた。躊躇《ちゅうちょ》なく嘉代の胸に飛び込んで、生まれたばかりの赤子のようにまどろんだ。

この年になって、このように愛しく感じられる存在がひとりふたりと増えるとは、想像もしていなかった。

「……思えば、始まりは、恍一さんに本を渡したところからですね」

恍一の父親の形見として渡した『華王《かおう》の遺言』。

長年嘉代のそばにあり、嘉代の魂を守ってくれた一冊の本。文音《あやね》と暮らす恍一の周辺に正体を隠した凪瀬《なぎせ》キラトが不穏に纏《まと》わりつき始めたので、恍一へ渡した。

強力な護《まもり》刀《がたな》として。

キラトは、その見た目の良さを利用して警戒されずに難無く人に近づいて、禍々しく変じてしまった本を使い、誰彼かまわず異世界へと飛ばすことができる。ゆるゆると自己を喪失してゆく〝永遠の黄昏《たそがれ》〟の世界へと。

凪瀬キラトと名乗っているが、本も人をも苦しめる、ヒトではない〝なにか〟である。キラトの目的は、仰倉によれば、自分がいた世界に戻ることなのだそうだが、叶わぬままだ。

あれから――。

龍一の渡る力が目覚め、本の悲鳴が聞こえる恍一に異世界を見る能力が増え、朔が玉造家へと嫁いできた。そして家の中はたいそう賑やかで楽しくなった。

晩年になって、玉造の庭に子どもたちの楽しげな笑い声が響くなど、想像もしたことがなかった。それどころか、嘉代がこの家に生まれて以来、初めてのことだ。

こんなに温かな世界を。

家を。

守らねばならない。

最期の最期まで。

嘉代は玉造家の当主である。当主は、家と家人を守るのだ。


目が覚めた。

辺りが真っ暗なのはいつものことで、ここにいると外の様子はわからない。洋館に来たときには既に日暮れが始まっていたので、ここだけでなく、外も真っ暗なはずである。

ベッドにひとりきりなのに気づき、

「司書さん？」

呼びかけるが返事はない。そして、「夕飯！　しまった！」

恍一は服を脱いだであろう場所へ手探りで移動し、指先に触れた服と思われるものを、裏表もなにがなにやらわからないのでまるっとまとめて脇に抱え、ともかくも仰倉の寝室を出た。

洋館の一階の最も奥まった狭い一角が仰倉が寝室にしている空間である。仕切りはあるが、ドアはない。洋館に電気は通っているのだが、本が光を嫌うという理由で仰倉は夜でも館内に明かりを灯さない。それでも書架《しょか》だらけの空間には窓があるので、ここよりも仄《ほの》明るい。

恍一はコトの最中によく寝落ちしてしまう。昼夜関係なしに。

寝不足ならばやむを得ないが、充分に睡眠が足りているときでも高確率で寝落ちする。そして仰倉にからかわれる。

仰倉には申し訳ないが、そうやって寝落ちしたときの睡眠は、恍一にはとても心地好い。これを質の良い睡眠と呼ぶのであろう。目覚めはすっきりしているし、疲れも取れて（とても疲れるので寝落ちしているはずなのに）体も軽く、快適なのである。

他の人とセックスしても、自分は途中で寝落ちしてしまうのだろうか？　それとも、相手が仰倉だから、母親に抱かれた赤子が安心して腕の中で眠るように、あっさりと仰倉の腕の中で寝落ちしてしまうのだろうか。

他との比較をする機会は恍一には生涯訪れないけれど、別にそれでもかまわないし、だって、仕方ないではないか。

「……好きだし」

最も油断ならない存在だが、最も信頼している存在なのだ。

自分は仰倉の虜にはなれないが、今、胸の内にある想いは、――恋だ。親友の翔太も指摘してくれたし、きっとこの感情のことを〝恋をしている〟と呼ぶのだ。

仰倉は変わらない。恍一に対しても、龍一に対しても、以前と変わらず接している。

朔が玉造家へ来てからは、龍一を虜に戻したい素振りは見せなくなったが、見せなくなったからといって龍一のことを完全に諦《あきら》めたかどうかは、恍一にはわからない。

自分だけを見ていてくれたら。

「……筋違いだってわかってるけど」

恍一は仰倉のものにならなければならないが、仰倉にそのような義務はない。悪魔と取り引きをして、不可能を差し出すのは恍一である。この恋心が、不可能が可能になったということならば、取り引きはようやく完了したということだろうか？

仰倉に確かめてはいないけれども。

それとも、恍一は仰倉のものになれないからこその〝不可能〟だとしたならば、仰倉に恋をしていると自覚した、この自覚は、誤解なのだろうか？　――わからない。

けれど恍一は、仰倉を独り占めにしたい。

かつての龍一がそう熱く語ったように、恍一こそ、仰倉を自分だけのものにしたいのである。


予約の鶏の唐揚げを早朝からせっせと揚げ続け、

「ねえ翔太《しょうた》、コロッケまだぁ?」

迫《せ》り出し式のオーニングテントの屋根はあるが、吹きっ晒《さら》しの店先で、(寒さ対策で)腕組みをしながら待っている菜穂《なほ》へ、

「だから、クリスマスイブくらいコロッケじゃなくて鶏を食べろよ、鶏を」

そうしたら、待たせずにすぐに出せるのに。

「なんでよ。私は翔太んちのコロッケのファンなの。ダイエットの敵でも、三日に一回は食べたいの。今日がその一回なの」

「はいはい。毎度ご贔屓《ひいき》に、ありがとうございますです」

特別なブランド牛やジャガイモを使っているわけでなし、至って普通の〝お肉屋さんのコロッケ〟なのだが、菜穂は小さい頃から好きである。とっくに食べ飽きていてもおかしくないが、普通に美味《おい》しいからぜんぜん飽きない、そうである。

鶏の唐揚げのすきまを縫ってコロッケを揚げる。——一個だけ。

開店前にけっこうな数のコロッケを揚げて店頭に並べておいたのだが、午後ともなると、さすがにもう残ってはいない。いつもはこまめに補充するのだが、今日はとにかく骨付きモモ肉を揚げまくる日なのだ。他には手羽元だの手羽先だの、半身も含め、店先に並べる以外にもたくさんの予約の鶏肉を揚げて揚げて揚げまくる。

本日はクリスマスイブ。ケーキ屋だけでなく、肉屋も書き入れどきである。

「ねえ、なんでお店に翔太ひとりきりなの？　おじさんとおばさんは？」

「昼飯。ようやくだよ」

店の奥が自宅である。一足先に翔太が済ませ、ついさっきバトンタッチした。両親のことなので、がーっと掻《か》っ込んで、ソッコー戻ってくるのだろう。トイレくらいは寄るだろうが。

昼のラッシュが一段落したので、しばしの店番を翔太が任された。もう少しすると夕方のラッシュが始まる。その前に、できるだけ鶏を揚げておく。

「今年も大忙しだね、翔太」

「ありがたいことにな」

クリスマス特需。肉屋としてはありがたいことこの上なし。「おかげでバイト代、出るし」

「そうなの？　もしかして、いつもはただ働き？」

「家業の手伝いで金もらえないって」

「……ふうん」

奈穂は曖昧《あいまい》に頷《うなず》くと、「つまり、今月のお小遣いとは別に、バイト代が出るってことか」

「げ。ヤな言い方すんなあ、奈穂。奢《おご》んねーからな」

「えー、せこくない？　じゃあそのコロッケ、私へのクリスマスプレゼントにしてよ」

「せこくないだろ。ただでコロッケをせしめようとしてるお前の方がせこいだろ」

「クリスマスプレゼントだよ、クリスマスプレゼント」

「繰り返さなくてもわかってるわ。俺によこせってんなら、菜穂は俺にくれるのかよ」

「欲しいならあげるけど」

「——え⁉　マジで⁉」

「そのかわり、コロッケの他に頼みた——」

「いらね」

翔太は揚げたて熱々のコロッケを小袋に入れ、「ほい。お待ち」

カウンター越しに奈穂へ差し出した。

勢いに押されるように奈穂はコロッケを受け取って、別の手で小銭を出す。

「毎度」

ぴったりの金額を受け取ってレジを打ち、「お。らっしゃい！」

翔太はテントの下に入ってきた馴染《なじ》みの客に声を掛けた。


かれこれ数分のあいだ、朔《さく》は珍しくもやけに複雑そうな表情で、恍一《こういち》と本とを交互に見比べていた。恍一の部屋の畳に正座して。

いつも無邪気な表情ばかり見ているので、こんなに複雑そうな表情もできるようになったのだなど、朔の成長を恍一は喜ばしく感じる。ただし、幼げでも朔はまったく侮《あなど》れない。もともと侮ってなどいないのだが。

さきほどふらりと恍一の部屋に現れた朔は、

「恍一の、本が、見たいです」

と、切り出した。

「ぼくの本？　なんのことだい？」

呆気《あっけ》に取られていると、朔は恍一のスクールバッグに近寄って、

「本」

と、指さす。

ええええええ⁉

と、心の中で叫びつつ、恍一は猛スピードで思考した。なけなしの知恵を総動員して、この場合の正しい対応って、なに⁉　を、脳内検索して検討した。

「あ！　高校の教科書？　それなら机に――」

「きょうかしょではありません」

朔は教科書を知っている。龍一《りゅういち》が部屋で教科書を使って勉強しているのも見ているし、恍一の教科書も見ている。

「……ということは？」

「本。です」

朔は再び、ぴしりとスクールバッグを指さした。

勝手にバッグを開けたりしない、持ち前の性格の良さ。人の物を勝手に触ってはいけませんと誰も教えてはいないので、朔が勝手にあちらこちらといじらないのは（いろいろなことに興味津々《しんしん》でも）持って生まれた性格だろう。

「な、なんで朔？　ぼくの本を見てみたいんだい？」

「王の本、です。朔も、王に会いたいです」

「——おうのほん？」

ああ、本のタイトルが『華王《かおう》の遺言』だからか？　っていうか、朔、既にタイトルも知ってるのか!?　ということは、この申し出からは逃れられない？　朔に本を見せたなら、この本の存在を龍一や司書さんにも知られてしまう……？

ピンチ。

ずっと隠し続けてきたのに。

「や、違うよ、ただの本だよ。王の本じゃないよ」

ぜんぜんただの本ではないが。恍一の魂を守ってくれる、これ以上なく大事な本だ。——できれば朔にも知られたくない、のだが。

「朔は、通訳に、しゅうにんしました」

「あ。就任したんだ？」

いつの間に？

「本たちに、あいさつに行きなさいと、おしえて、もらいました」

「洋館にある本と話せるようになったんだ？　良かったね」

「はい！」

朔は嬉《うれ》しそうに頷くと、「そして、みんなが、おしえて、もらいました。王が、恍一の、部屋にいると」

それ、みんなから教えてもらいました、かな？　訂正してあげようかとも思ったが、それどころではない。

「あれ？　ちょ、ちょっと待って、朔」

話を整理してみよう。

恍一が護刀としている『華王の遺言』という本は、洋館の本たちから『王』と呼ばれているってことか？　タイトルに関連して、ではなく？

「なんで、王？　っていうか、王の本って、どういう意味？」

「一番、えらい本です」

「偉いって言われても、……本だよ？」

「格が、一番、なのです」

「かく？」

「位」

「くらい？」

なにを言っても訊《き》き返す恍一に、朔は、もう！　と呆《あき》れた表情をして、――もう！　まで、習得したんだね朔！　すごいな！　ではなく。

「王の本？　本の王？　本の中の王様ってこと？」

「王の本、なので、本の王、です」

「……そうか」

その違いが、というか説明の内容が、わかるような、わからないような……？　「要するに、王様ってことなんだね？」

根拠はわからないけれど、王として洋館の本たちが認めているってことだね。タイトルに王と付いているだけでなく。

「朔は、王にあいさつを、したいのです」

う。……なんて断り難《にく》い申し出だ。

「朔、他にもなにか教えてもらった？　王の本だよ、ってこと以外に」

「恍一が、もっていると」

「……う、うん」

「学校の、バッグに、いつも、はいっていると」

「う。うん」

「王は、恍一と、話せると」

「え？　話せる？」

いや。会話した覚えはないぞ。——会話しようとしたこともないが。

「恍一。朔は、王に、あいさつが、したいです」

「はい。わかりました」

礼儀正しい朔。

しかも、ここまでバレているならば、もう諦《あきら》めるしかないではないか。だが果たして朔に、でもこの本のこと、龍一と司書さんには内緒にしておいてね、が、通じるだろうか。

不安は残るが、かくして恍一は朔の前へ『華王の遺言』を、すっと出した。

正座した朔は膝《ひざ》前へ両手の指を揃《そろ》えて丁寧に挨拶《あいさつ》をする。

「はじめまして。朔、と、申します。よろしく、おねがい、いたします」

そして、一礼。

だが——。

本は、なにも答えなかった。恍一に聞こえる唸りもなく、朔に聞こえる声もなく。

「朔は、恍一の、通訳です。よろしく、おねがい、いたします」

また朔が一礼する。けれど、本からの返答はない。

「恍一、あいさつ、だめ?」

朔が縋《すが》るような眼差しで恍一に訊く。

「だめ? だめ……? どっちのだめだ? いや、そんなことないよ、朔。ちゃんと挨拶できてるよ。挨拶が失敗したのかって意味なら、それはぼくにもわからないけど、でも朔は、ちゃんと挨拶したから。大丈夫。挨拶、できてる」

「……できてる?」

なのに、どうして返答をしてもらえないのか。ちゃんと朔が恍一の通訳であると伝えたし、仰《おお》倉《くら》のアドバイスどおりに、他の本たちは朔が恍一の通訳であると認め、朔と話してくれるようになったのだ。

「できてるよ、大丈夫」

恍一は力強く肯定したが、

『わからずとも、そばに置いておきなさい。それはうるさくしませんから』

嘉代《かよ》から本を渡されたときに添えられた言葉。

事実、この本は恍一に警告を与えるとき以外にはちらとも声《おと》を出さない。

「でもね朔、必要なとき以外には喋《しゃべ》らないいんだよ、その本。すごく静かなんだ」

「ひつようなときいがい……」

ちいさく繰り返した朔は、「朔とのあいさつは、ひつようなとき、では、ない」と、自分に言い聞かせるように呟《つぶや》く。

「あああ、ごめん、自虐《じぎやく》的に捉《とら》えないでくれよね、朔。ぼくがよほどのピンチのとき以外は、喋らないんだよ」

恍一の魂に危機が迫ると轟《とどろ》くように教えてくれる。それ以外は無音である。

けれど朔は傷ついた様子ではなく、

「王さま、朔は、また、きます」

丁寧にまた本へ一礼すると、「恍一、あいさつさせて、くれて、ありがとう」

と、恍一に礼を述べた。

「そんな。いいよ。ごめんね、話をさせてあげられなくて」

「朔は、また、きます」

「うん。わかった」

めげないでくれて、ありがたい。

「司書さんに、アドバイスを、いただきます」

そして、畳からすっと立ち上がる。

「待った！」

司書さんには訊かないでくれ！

朔は再び畳へ正座すると、

「はい。待ちます」

恍一をじっと見る。

「あのね、朔」

ただ単に司書さんには訊かないでくれと伝えても朔が困るだけだろう。司書さんには訊かないでくれと頼む以上、ならば誰に訊けと——。

あ！　そうだ。

「朔、この本に関しては、わからないことは嘉代さんに訊くといいよ。司書さんより、嘉代さんの方が詳しいから」

「おばあさまが？　そうなのですか？」

「うん。そう。この本をぼくにくれたのも嘉代さんだし。だからね、司書さんには訊かなくていいよ。あと、龍一も、本のことは知らないし」

「わかりました。では、朔は、おばあさまに訊いてきます」

朔はすっきりとした表情で、たたたと廊下を走って行った。相変わらず、着物なのに走るのがやたらと速い。

「ふう。どうにかクリアできた」

それにしても、これが王の本だったとは。朔の言う、かく、は、わからないが、くらい、は、位、であろう。王の位。──すごいな。この本は、本が認める王様なのか。

確かに、ハードカバーで厚みもあり革の装丁が施されているだけでも威厳の漂う本だけれど、中はまったくの白紙である。言うならば、豪華な本の形をした罫線《けいせん》のないノートである。

けれども、恍一の危機にはそこにはっきりと文章が現れた。

【ひとつ　けつしてなまえをよばぬこと】

ひとつがあるならふたつみっつと、警戒すべき別のポイントを教えてもらえるのかと期待もしたが、考えてみれば恍一には、呼んではいけない名前を教えてもらうだけで充分であった。

それが生死をわけるのだ。普通の生死ではなくて、恍一の、永遠の生死を。

「王ってことは、最高位？」

本に位があるというのが理解できないけれども、なにを以て〝王の本〟なのか、もし理由がわかるのならば、恍一も知りたい。

朔を追いかけるべきなのか？

「べきだよな。ぼくも知りたい」

恍一は急いでスクールバッグに『華王の遺言』をしまい、小脇に抱えて部屋を出ようとして、唐突に気づいた。

この本のこと、洋館の本が朔に教えてくれたんだよな……？

洋館の本は勝手に出歩いたりしない。

ということは、朔は洋館の中で、本たちから、この本の話を聞いたことになる。

「——あれ？」

ということは……？

洋館にはいつも仰倉がいる。仰倉は、本の悲鳴が聞こえるだけでなく本と会話もできるのだ。

恍一の力と朔の力の、両方を持ち合わせているのだ。

朔と本たちの会話は、仰倉にも聞こえている。

そもそも、洋館の本たちが知っていたということは——。

「司書さんも知っていた、……ってこと？」

仰倉が恍一の敵だと激しく警告をしてよこす『華王の遺言』の存在を、とっくに仰倉は知っていたということか？

「主《あるじ》がそりゃあびっくりしてた。目ん玉飛び出る勢いで」

シロが言うと大袈裟《おおげさ》に聞こえるが、実際に相当驚いたのであろう。

「そうですか」

「祝いを届けに行ったのに、こっちが祝われたようだとさ」

「そうですか」
登呂《とろ》の主は、ここにくればハマナスの痣《あざ》が消えると考えて、ハマナスに名代を頼んだわけでは
もちろん、ない。朔も、ハマナスの痣を消すつもりはなかったはずだ。それどころか、ハマナス
の痣の存在に、自分が消したことにすら、未だに気づいていないかもしれない。
「なにが起きたのか俺にはぜんっぜんわからんのだが、……あのとき、なにが起きたのだ?」
「ハマナスの痣が消えて、良かったですね」
「しかもあの、ひょろっとした頼りない嫁さんがお嬢の手に触れた途端にだぞ? あの娘がやっ
たんだよな? すごいな」
北門で、目の前で道に崩れ落ちたのを見たときは、こんな嫁さんをもらって大丈夫なのかと、
他所事《よそごと》ながら心配になったが。
「おそらく朔のしたことですが、朔はなにも言わないので」
「おお。謙虚な娘だな」
「謙虚とはまた別のものかと思われますよ」
息をするように浄化をし、眼差しひとつでとてつもない魔を払う。禍々《まがまが》しい黒い呪詛《じゅそ》をもだ。
無意識にも行うし、意識的に行ったとしても、それらの行為を朔はいちいち言葉にしない。まだ
言葉が達者でないからなのかもしれないが、朔にとってはあまりに普通のことなので、これから
先も、訊かない限りは話してくれないのかもしれない。

「ハマナスは喜んでいますか？」

「そりゃあもう。俺が今日ここへ主からの礼状を届けると知って、自分も朔ちゃんに会いに行くと、さんざん駄々をこねたくらいだからな」

「お連れすれば良かったではないですか」

「お嬢連れだと時間がかかるだろ？」

登呂と玉造《たまつくり》家の移動は、シロだけならばさほど時間はかからない。ヒトは異世界を介さない限り、一瞬で長距離を移動することはできない。

「抜け道の通り方を、そろそろ教えて差し上げれば？」

この洋館の中へはさすがに一瞬では入れないが、北門までは一瞬で来られる。そして北門は常に開いている。裏から正しく入るのならば。

「んんん、お嬢ならば、教えたらできるようになるとは思うんだが」

「わたくしも、ハマナスには見込みはあると思いますよ」

「だろ？　だよな。へへへ」

「朔と、ともだちになったのでしたっけ？」

「そうなんだよ。あれにも驚いた。お嬢が、呪術者とともだちになるとはね！」

「朔は呪術者ではないですよ」

「そうなのか？　ならばナニモノだ？　あの子は、どうしてあんなことができる？」

ナニモノか。

「さあ？」

仰倉が首を傾《かし》げる。「わかりません」

誤魔化しやはぐらかしたのではなくて、仰倉にもわからない。

「ま、いいか。ナニモノだろうと、お嬢の恩人に変わりない」

「シロは、噂《うわさ》は聞いていないのですか？」

「どの噂だ？」

「玉造家の嫁の正体についての噂です」

「そんな噂が流れてるのか？」

「耳の早いシロが知らないとは意外ですが、そのうちに聞くことになるでしょうから、わたくしから正しい情報をお伝えしますね」

「おお。それは助かるぞ」

「さきほど言いましたように、朔の正体はわかりませんが、出自はユキの家系です」

「ユキの家系？　ってことは玉造《ここ》の主と因縁があるのか？」

「いいえ。――ユキの家の、ついに滅された胎児の噂は？」

「おお。聞いてるぞ。あのえげつない呪術のだろ？　凄惨《せいさん》だったそうだな」

「その胎児が、朔です」

シロは洞《ほら》の目でキョトンと仰倉を見て、

「またまたー」

と笑う。笑ったが、「……誠か？」

「詳細は省きますが、縁あって、龍一さんに嫁いだのです」

「んん？　ちょい、おかしくないか？　あそこの胎児は男児だったろ？」

「シロでも、朔は娘に見えましたか？」

「見えたぞ。なんと、男児か！」

娘のような衣装を身に纏《まと》っているから朔が娘に見えるのではない。ということを、はからずもシロが証明してくれた。

洞の目のシロ。狼《おおかみ》として鼻も利くが、ぽっかりと空いたふたつの穴の目で、恐れることなく深淵《しんえん》を覗《のぞ》く。シロならではの目利きがある。

「ですので、元はヒトなのですが、極めて異例な存在で、朔がナニモノに変じたのか、わたくしにもわからないのですよ」

後にも先にも現れることのない、新種の存在。ヒトのように成長するのかしないのか、寿命は長いのか短いのか、まったく予想がつかない存在である。

幸い、この土地と朔の相性は抜群に合っている。おかげで朔は日々元気に活動を続け、おそらく、ここにきたときよりも少しだけ、大きくなった。

アッシュがぐんと姿を大きくしたようには、朔はならないであろうが、存在を保てるだけでなく、僅《わず》かずつでも成長しているのであれば、――突然に消滅してしまう可能性がないわけではないが、とても喜ばしいことである。

なにせ玉造の未来を担う双璧のひとりが、自分の命を賭《と》して救った命なのだから。

「確か、ユキの家には跡継ぎの男児が生まれたばかりじゃあ、なかったか？」

「そのようですね」

「滅された胎児を隠れ蓑《みの》にして、産ませたんだよな？」

「よくご存じで」

やはり、シロの耳は噂を良く拾う。

「あの嫁さんは、滅されたのに、滅されなかったのか？」

「朔は、呪詛は受け続けていましたが、穢《けが》れは一切、受けていませんでしたね」

「そんなことがあるのか！　すごいな。おまけに、滅する呪詛にあって滅されなかった赤子とか。――とんでもないな」

だがそれならば、納得はする。「道理でな、お嬢の痣も容易《たやす》く消せるわけだ」

「朔の正体がなんであれ、男児であろうと、あの子は玉造家の嫁なのですが、先日の、シロが払った翳《かげ》に関して、わたくしもシロに尋ねたいことがあります」

「払った翳？　ああ、あれか。おう、いいぞ。お嬢の痣を消してもらったからな。力になるぞ。

なんでも訊いてくれ」

「では」

仰倉は声を改めて、「倫子《のりこ》について、噂を耳にしてはおりませんか？」

と尋ねた。

「なによもう翔太のくせにあの態度」

腹が立つったら。もう。

『私たちの龍一くんにお嫁さんってどういうこと？　朔ちゃんって、誰？』

奈穂が恍一にきりきりと詰め寄った件を知っているのか、そのかわり、の交換条件の内容を察したように、

『いらね』

ばっさりと拒否されてしまった。——勘の良さは相変わらずだ。学校での成績はよろしくないが、機微には聡《さと》い。それは認める。

奈穂はがぶりとコロッケに噛《か》みついて、

「んーっ、だけど悔しいけど美味しいっ！」

翔太が揚げても、美味しいものは美味しい。

せっかくご近所さんなのだから、翔太に付き合ってもらいたかった、玉造家まで。ひとりで行くには勇気が出ない。小学生の頃ならば、学校とは別に地域の子ども会でみんな顔を合わせていた。中学生の頃までは、学校とは別に地域の防災訓練で、顔を合わせることもあった。高校生になってからは、学校は違うし、地域の活動にも参加の義務がなくなるし、見かけることすらほとんどなくなってしまった。

「……遠い存在になっちゃったなあ、龍一くん」

好きというか、憧れの存在。

本気で龍一の彼女になりたいと思ったことは、……なくはなかったけれどライバルが多すぎてそのモチベーションを保つのは困難だったし、高嶺《たかね》の花だし、ステキ過ぎて近寄り難くて、みんなして一方的に憧れていただけなのだが、そんな龍一に、よもやまさかのしかも恋人を軽くすっ飛ばしていきなり〝お嫁さん〟の登場である。

なに、それ？

なのだ。

青天の霹靂《へきれき》なんてもんじゃない。

「菜穂！　幼なじみなんでしょ？　噂の真相を確かめてきてよ！」

と、みんなから焚《た》き付けられて、

「わかった！　任せて！」

なんて、……安請け合いするんじゃなかった。

そりゃあ気になる。噂の真相は気になるし、一方的に憧れているだけだけど、それでも、龍一に（こんなに早々に）結婚相手ができただなんて信じられないし、おかしな女に引っ掛かったんじゃないかと心配になるし、っていうか、アイドルは結婚なんかしちゃダメなのだ。どうせ手に入らないのであれば、一生、誰のものにもならないでほしい。

「……アイドルじゃないけど」

勝手に、自分たちがそう思ってるだけだけど。

そんなこんなで、菜穂が玉造家を訪ねることになってしまった。みんなでお金を出し合って、龍一にクリスマスプレゼントを用意した。それを渡すという名目で。

プレゼントの入った、肩に掛けたトートバッグの細長い持ち手をきゅっと握って、……二の足を踏む。

けれど、いざとなると、行くに行けない。

幼なじみではあるけれど、言うほど（奈穂と翔太のような関係だと、みんなは勝手に想像しているのだろうが）親しくはない。調子に乗って引き受けたものの、奈穂が届けに行って龍一が喜んでプレゼントを受け取ってくれる図は、まったく思い描くことができない。

「……逢坂《おうさか》くんに電話してみようかな……」

『逢坂くん、あれから龍一くんちに引っ越したんだそうじゃない。クラスメイトが引っ越し先に遊びに行っても、ぜんぜんおかしくないわよね？』

『おかしくはないけど、……なんで？』

『なんで？　逢坂くん。私の話、ちゃんと聞いてた？』

『聞いてたけど、でも、関係ないだろ？　龍一のお嫁さんが誰であろうと、それは龍一が決めることだし、外野が四の五の口出しすることじゃないし』

『なーんーですってぇぇぇぇぇ！』

『たたたたたたっ！　痛いって！　勘弁してくれよ、奈穂ちゃん！』

……だめだ。

つれなくされた腹いせにぎゅぎゅっと腕を摑んでしまった。

「逢坂くん、ホンキで痛がってたなあ……」

やり過ぎちゃったと反省したけど、そのこと、まだ、謝ってない。

なのに龍一との橋渡しを頼んだりしたら、どれだけ図々しい女かと絶対に呆れられる。どうしても渡したいわけじゃないのに、図々しいと呆れられるのは、ちょっとイヤ。

「翔太がつきあってくれればいいのに」

翔太が一緒に行ってくれたなら、こんなに心強いことはないのに。

お得意様のお願いなんだから、快く聞いてくれたっていいのに。

……ああ、気が重い。

「なのにコロッケは美味しいっ！」

町外れの、他には人家のない玉造家の洋館に続く長い私道の入り口で、コロッケを片手に菜穂はひたすらうろうろしていた。この寒空の下、いつまでもうろうろしていないで、ぱぱっと行って、ぱぱっと渡して、で、朔ちゃんってどんな女の子？　って訊いて、それで――。

「……ああ」

帰りたい。

ここまで来たけど。

まるで時間稼ぎのようにちょぼちょぼと食べ進めていたコロッケ。いつもの奈穂ならば残り一口。ちょぼちょぼ作戦でも、三口がせいぜいだろう。

仕方ない。

食べ終わったら、勇気を出して、行くしかないか。

ああ、でも、……やだなあ。

「なんで、私ひとりで行かないといけないんだろ……」

やだなあ。

なんで、引き受けちゃったんだろう。

龍一に面と向かってプレゼントを渡せるような、そんな勇気は誰にもない。言葉にはしないけれど、みんな、そう、感じていた。だからつい、ここは自分が一肌脱ぐべきかと思ったのだ。焚き付けられたのも事実だけれど、その中では自分が一番、龍一との距離が近かったから。

でも、今は後悔している。

安請け合いなんか、するんじゃなかった。

その場でちいさく足踏みを繰り返していると、

「すみません。少し、よろしいですか？」

背後から上品な女性の声に呼びかけられた。

辺りに人影はないので、それが菜穂に向けてであることはあきらかだ。菜穂はぱっと食べかけのコロッケを後ろ手に隠して、女性へと振り返る。

嘉代はずっとにこにことして、朔と恍一から話を聞いている。そして、

「そうですか。そんなことになっていたのですか」

と、感心した。

朔が本と会話ができるようになったのは恍一の通訳に就任したからで、本たちによれば、恍一も『華王の遺言』とは会話ができる、そうだ。

嘉代の部屋で、三人で膝を突き合わせてにこにこと、朔は拙《つたな》いながらも饒舌《じょうぜつ》に、嘉代へ報告を続ける。恍一も恍一で、これまで警戒するあまりに敢《あ》えて確認はしていなかったが、本の存在を仰倉は知っていたのかと、嘉代に尋ねた。

「もちろんですよ。その本は、司書さんがわたくしにみつけてきてくれたものですから」

なんと！　である。

「でも嘉代さん、その司書さんのことを、ぼくたちに警戒しろって教えてくれる本ですよね？」

「それとこれとは別なのでしょう」

仰倉はフェアである。狡猾《こうかつ》な悪魔であろうとも、仰倉は秩序の中で動いている。

「でも、敵に塩を送るようなものですよね？」

「そうですね。ですが、おかげでたいそう、命拾いをさせてもらいました」

嘉代と恍一には、けつしてなまえをよばぬこと、名前を呼んではいけないモノがいる。それがどれかはわからない。試しに呼ぶことも、できない。リハーサルなしの常に本番だからである。だが『華王の遺言』がそばにあれば、心の中で本に問いかけると教えてくれる。この名前は呼んでも大丈夫なのかどうか。

なら、父の形見というのは、やはり方便だったのか。あのときは、形見分けと言われたから、母は恍一を玉造の家へと寄越したのだ。あのときの母は、不誠実な夫（とその親族）は端からこの世にいないものとして生きていた。そういう設定で、できていた。思えば、恍一をこの家から遠ざけておくべく、手が打たれていたのである。——恍一を護るために。

「わたくしも恍一さんと同じく、本の悲鳴は聞こえますが本と会話はできませんから、朔はずいぶんと楽しいことですね」

言われて、朔の表情がぱっと弾ける。

「たのしい、です！」

朔がどんな話を、洋館を埋め尽くす膨大な量の本たちと交わしているのかは、その情報量を想像するだけで恍一は目眩《めまい》を起こしそうなのだが、潑剌《はつらつ》と「楽しいです！」と答えるあたり、玉造のあちらこちらに棲《す》む有象無象の数多《あまた》のモノたちと常に会話をしている朔には、たいしたものの数でもないのだろう。

朔のキャパシティって、どれだけなのだ⁉

そういうところも人間離れしているよね、朔は。

「嘉代さん。もしかして、ぼくがこの本と話せるって意味は、中に文字が浮かぶのと関係があるんでしょうか？」

朔のように、恍一たちには聞こえぬ声で会話をしているという意味ではなく。

「朔、そうなのですか？」

嘉代が朔に訊くと、朔はじっと、恍一の手の『華王の遺言』を見て、

「……へんじ、朔に、してくれません」

寂しそうにぼそりと答える。

人と人との会話を想定すると、恍一と『華王の遺言』は会話したことはないということになるのだが、名前を呼んでも大丈夫かと心の中で問いかけて、答えが返ってくるやりとりも、会話といえば会話だろうか?

それが恍一と『華王の遺言』との〝会話〟であるならば、そして恍一に読ませるために、白いページに文字が浮かんで消えることも〝会話〟であるならば、恍一はずっとこの本と会話をしていたことになる。

この本は恍一を護るときにだけ、動くのだ。

王の本。本たちから挨拶に行くよう朔がすすめられたのは、この本が、本の中の王様だからなのであろうが、それとは別に、もしかしたら、ただひとりに仕える、それが社会的な本物の王様かどうかは抜きにして、立場とか権力とかも抜きにして、この本にとっての〝王様〟がいて、その〝ただひとりの人〟に仕える本、だから、王のための本、という意味の、王の本、なのかもしれない。

ただひとり、嘉代に仕えていた本が、嘉代から恍一に譲渡され、今、恍一に仕えていてくれるのかもしれない。

浅い思慮かもしれないが、恍一にはそう感じられてならなかった。

王というより、騎士だな。

というか、だとすると、恍一はこの本にとって王様ということになる。

「……うわ、なんだそれ」

我ながらずいぶんと驕《おご》った解釈だ。

でも有り難い。この本がなければ恍一はまったく立ちゆかない。これから出会う無数のヒトやモノたちの名をいっさい呼ばずに生きるなど、不可能である。それはつまり、それら全員を常に警戒し続けて生きることと同意だからだ。

有り難い。

だが、であればこそ、

「ぼくが持っていても本当にいいんですか？　この本は、嘉代さんにも必要ですよね？」

「ありがとう、恍一さん。ですが心配には及びません。わたくしか恍一さん、どちらかひとりであれば当然のこと恍一さんが持っているべきですよ。わたくしの残された時間と、恍一さんのこれからの時間の、どちらが長いと思いますか？」

寿命の話は、つらい。

みるみる表情を曇らせた恍一に、心の優しい孫に、

「わたくしとて、先の短い人生を価値のないものと思っているわけではありません。正直に打ち明けますと、以前はそう捉え違いをしていて、司書さんに叱《しか》られてしまいました」

「え。嘉代さんが叱られたんですか？」

仰倉が、嘉代を？

「もしくは、諭された、ですかね」

『先の短いわたくしに差し出せる、願いに見合う不可能は、残っていますか？』

と問うたとき、仰倉はにこりともせず、

『ヒトの今生の時間は日々刻々と減ってゆきますが、魂の時間は永遠です。減りませんから、価値も変わりません。嘉代が魂を差し出すと言うのであれば、それは嘉代が赤子でも老いた死に際でも同等の価値です。玉造の主たるもの、己の価値を見誤ってはいけません』

と答えた。

嘉代の思い違いを、悪魔は淡々と正してくれた。

生も死もなく肉体も持たぬ無制限体である仰倉には、ヒトの命は儚《はかな》く映る。いたかと思えばもういない。それくらい、ヒトの寿命は短いと言う。

その仰倉に、命と魂の価値を説かれた。――きっと、怒っていたのだ。ヒトのような感情を持たぬ魔のモノの仰倉だけれど、嘉代は、ずっと、あのモノに庇護《ひご》されてきた。

どうして、仰倉が玉造の家に居続けてくれているのかは、わからない。洋館を気に入っていたとしても、である。どうして契約も取り引きもなく、嘉代を庇護し続けてくれたのかも、わからない。わからないが、おかげで、この年までどうにかやって来られたのである。

しかも『華王の遺言』を、どこからか、みつけて嘉代へ贈ってくれた。

数えきれぬ庇護と、返しきれぬ大恩。

呼んではいけない名を口にして、命を失うのではなく魂を失うとなれば、それは、老先の長い短いは関係ないことである。それでも、魂の世界ではそうであっても現実に、嘉代は、今、恍一の祖母として目の前の孫をどうにか守りたいと願っている。そのためならば本も譲る。

自分はもう、充分に護ってもらった。

次は恍一の番である。

と、突然、本が震えた。

恍一がぎくりと自分の手を見る。――手の中で、本が低く唸っていた。

嘉代もじっと本を見る。

「……これって、嘉代さん?」

恍一に危機が迫ると本は警告を始めるのだ。ひやりとしたが、だがここは玉造家の中である。家人に仇為《あだな》すおかしなモノは入ってこられないと、前に仰倉が教えてくれた。

朔がハッと顔を上げ、

「恍一、そと!」

と言った。

「そと? 家の外?」

「あっち。助けて、って、本が、泣いてる」

朔が洋館の方を指さす。

「あっち？　洋館で、司書さんになにかあったのかな」

恍一は本をスクールバッグに入れながら、急いで立ち上がった。

「ちがう。そと、だよ、恍一」

朔が強く、繰り返す。

「洋館より外？　そんな遠くからの本の泣き声が聞こえるのかい、朔？」

だが、言いながら恍一の耳にも悲鳴が届き始めていた。――どこかで聞き覚えのある、これは、あれだ。

嘉代が手早く、文机《ふづくえ》の抽斗《ひきだし》から封印の紙を取り出す。

「嘉代さん！　ぼくが行きます！」

「大丈夫ですか、恍一さん」

「大丈夫です。無茶はしません」

「手に負えぬようであれば、司書さんを呼ぶのですよ」

「わかりました！」

それらを受け取り、恍一は母屋の廊下を全速力で走った。すると、後ろから、ぱたぱたと朔が追いかけてくる。

「恍一、朔も行く」

「朔は！　来ない方がいいよ！」

「行く！」

「わかった！　でも、朔は門の外に出ちゃだめだよ！」

「はい！」

「それから、朔は、本に触っちゃだめだからね！」

「はい！」

元気に返事をした朔と恍一は、母屋を出て洋館の脇を抜けて北門へ向かった。


声と同じくらい上品な雰囲気の妙齢の女性が（しかもかなりの美人であった！）、やや困った様子で、

「このあたりに、本をたくさんお持ちの家、ありませんか？」

と尋ねた。

「本をたくさん？　もしかして、玉造さんの家のことですか？」

離れの洋館にとてつもない量の本が本棚にずらっと並んでいる。まるで私設図書館のようだ。と、近所ではよく知られた話である。

私設図書館ではないし、菜穂は自分の目で確かめたことはないのだが、玉造龍一は無類の読書家で、自宅には一生かかっても読み切れないくらい本がたくさんあると言っていた。

「そのお家、この近くにあるのかしら?」

「はい。この道の先に」

「じゃあ近くまで来られたのね」

と言いながら、彼女の表情が曇る。「せっかく近くまで来られたのに、残念だわ」

「あの……」

この人、玉造家に用があるんだ。「私、今から玉造さんちに行くんですけど、よろしければ、ご一緒に、どうですか?」

道連れがいてくれると心強い。

「あなたも? ああ、でも、ごめんなさい。用はあるんだけれど、急用が入ってしまって。せっかく近くまで来られたけれど、もう行かないとならないの」

「そう、なんですか……」

あああああ残念。

「この本をね」

彼女は手にしていた紐《ひも》付きの綺麗《きれい》な紙袋を示すと、「知り合いが、そこの娘さんから借りて、読み終わったので返すのに、私が駅前に用事があると知って、ついでに届けてくれないかと頼まれたのね」

「……娘さん？」

もしかして、お嫁さん、の間違いかな？

「渡せばわかると思うのだけれど、あなたにお願いしてもよいかしら？」

「え？　私にですか？」

「娘さんに、ありがとうございましたって、返してもらいたいのだけれど。――ごめんなさいね。見ず知らずのお嬢さんにいきなりこんなことお願いして」

「いえ、いいえ」

なんてラッキー。

そうしたら、噂の朔ちゃんに堂々と会えるじゃない。最高の口実じゃない。

「私なら、ぜんぜんオーケーです」

「まあ、ありがとう。優しいのね」

面と向かって誉められて、

「そんなことはないです、普通です、ついでなので」

菜穂は照れて忙《せわ》しなく顔の前で手を振った。

「じゃあ、これ」

彼女は、紐の部分を指先でつまんで、菜穂へ渡す。

「はい。お預かりします」

菜穂も紐に指を掛けて、受け取った。——重い。

分厚い文庫本が一冊、ぴったり入るくらいのサイズの紙製の手提げ袋。見ると、中に入っていたのも分厚い文庫本であった。

「……やった！」

わけのわからない唐突なクリスマスプレゼントを龍一に渡す計画より、誰かが娘さんに借りていた本を代理で返す方がぜんぜんまともだ。

あの家には主の嘉代さん以外に女性はいない。嘉代さんだって昔々は娘さんでも、今日現在、娘さんと表現するのはさすがにあり得ないだろう。嘉代さんと同世代の人に言われたら、看板娘は幾つになっても看板娘、みたいに、それで呼び慣れてるのかなと解釈するが。でも、娘さんとお嫁さんがごっちゃになるのは、まあ、ありえる。

「うちのお母さんも、よく間違えるしなあ」

そそっかしいというよりは、きちんと人の話を聞いていないのだ。はいはいのふたつ返事も得意だし、ともだちの名前も中途半端に覚えてるし、母からの噂話はたいてい話半分に聞いているが、菜穂の母だけでなくどこの家のお母さんもばたばたと忙しなくて、悪い意味でなく、そういうものと思っている。

「よし。勇気百倍！」

菜穂は残りのコロッケを一気に口に放ると、さっきまでの鬱々《うつうつ》とした気分が嘘《うそ》のように元気に歩きだした。

あんなに遠く感じられた門までの距離がとても近い。

意気揚々と歩いていて、ふと、

「お嫁さんになんの本、借りたのかな？」

このまま手渡したらタイトルはわからないままだ。龍一のお嫁さんは、どんな本を人に貸すのだろう。

菜穂は紙袋に目を落とした。

「ちらっと見るだけなら、いいよね」

そして、文庫本に指を――。

「菜穂ちゃん！　その本に触っちゃだめだ！」

え？　逢坂くん？　あれ？　あれれ？

ふるさと　まとめて　はないちもんめ

ふるさと　まとめて　はないちもんめ

あのこが　ほしい　あのこじゃ　まからん
このこが　ほしい　このこじゃ　まからん
まるまって　そうだん　まるそうだん

きーまった

サクちゃん　とりたい　はないちもんめ
ナホちゃん　とりたい　はないちもんめ

「ま、間に、合わなかった……」

肩でぜいぜいと呼吸をする。

恍一の目の前で煙のように消えた奈穂。同時に本も、本の悲鳴も、消えてしまった。

「こーいちー？」

言い付けを守って北門から顔だけ出して様子を見守っていた朔が、心配そうに呼ぶ。朔も消失の瞬間を見ていただろうか。

凪瀬《なぎせ》キラトがアパートのドアポケットに入れていった本と、よく似た悲鳴だった。直接耳にしてはいないが、文音《あやね》や龍一を黄昏《たそがれ》の世界へ飛ばした本も、きっと、同じような悲鳴の本だ。

奈穂はおそらく、あの世界に飛ばされた。

でも、どうして奈穂が？

しかも、こんな場所で？

「いや、そんなことは今はいい。急いで助けないと、奈穂ちゃんの自我がなくなっちゃう」

奈穂を文音の二の舞いにはさせない。

恍一は門へ駆け戻り、

「朔、龍一を呼んできて」

と頼んで、洋館へ向かった。

嘉代の言い付けどおり、手に負えぬときは仰倉を頼る。いつもの南側の裏口ではなく、洋館の正面玄関から入って一階の、いつも仰倉が作業している北側の窓へと。

「司書さん！　力を貸してください！」

仰倉は、にこやかに、

「おや。新たな取り引きですか？」

と、訊く。

「冗談を言ってる場合ではないです！」

恍一はぷんとむくれて、「司書さんにも聞こえてましたよね？　聞こえなくなったのも、聞こえてましたよね？」

「面白い表現ですね。ええ。聞こえなくなったのも、聞こえてましたよ」

「クラスの友だちが本に連れて行かれてしまいました。多分、お母さんが連れて行かれたのと同じ世界に」

「キラトの飛ばす世界にですか？　恍一さん、どうしてそう、思われますか？」

「似てたので。悲鳴が」

「ほう」

仰倉が感心する。「悲鳴の違いを、聞き分けられるようになったのですか？」

「か、どうかはわかんないですけど、でも、似てた気がして。だとしたら、菜穂ちゃん、助けてあげられるかなって」

「どのような方法で？」

「朔を助けたときのように。ぼくが司書さんに手を繋《つな》いでもらって、龍一に、あの世界に渡ってもらって、もし菜穂ちゃんに穢れがついてしまったら、朔に浄《きよ》めてもらいたいです」

「——なるほど」

「確か、あのときに司書さんが、おかあさんのカケラを本に吸わせて、こちらの世界に戻してくれたんですよね？」

「よく覚えておいでですね」

「だって、だから、おかあさんは庭にいて、ぼくのこと、見守ってくれてますから」

こんな大事なこと、忘れてしまうわけがない。「だからあのときの本を使えば、ぼくは、あの世界を見ることができるんじゃないかと考えました。――合ってますか？」

「合ってます」

仰倉がにこりと笑う。「素晴らしいですね、恍一さん」

そして、恍一の頬《ほお》へキスをした。

「わ。わわわ、あの、なので、ぼく、嘉代さんのところへ本を借りに行ってきますから、えっと、この場合、どこでやれば良いですか？」

朔のときは、朔との縁が強い縁側で行った。

「そうですね。でしたら、ここで」

「ここで？　――ここですか？」

「ええ。龍一さんが世界を渡り、戻られるのもここですし」

そういえば、そうだった。

「あ！　その前に、龍一に頼まないと！」

「龍一さんは、こちらに向かっているのですか？」

「朔に、呼んできてもらうよう頼みました」

「そうですか。でしたら、あと必要なものは、本と、まじないの品ですね」

ロープ代わりの封緘紙《ふうかんし》。さきほど恍一が嘉代から受け取ったものは、本を包んで留めるだけの長さしかない。

「そうか。嘉代さんに作ってもらわないと」

朔のときは、想定されていたので前以《もっ》て嘉代が準備してくれていたのだ。

「恍一さん。あのときに使ったものは、どうなっているのですか？　もうすべて、使い切ってしまいましたか？」

「え？　使い回し？　って言うんですか？　朔のときに使って、それをまた使うのって、大丈夫なんですか？」

「まじないの効果が落ちていれば使えませんが、あの封緘紙で朔を縛ったのですよね？　朔は触れたものを浄めますから、もしかしたら、効果が落ちるどころか、むしろあのときよりも強力なまじないの品になっているかもしれませんよ？」

「ぼく、本と封緘紙、取ってきます！」

言うが早いか、恍一は洋館を飛び出して行った。

「……ほっほーう」

シロが唸る。

朔のとてつもない浄化の力には、感心はするが興味を示さなかったシロだが、

「ハマナスと天秤《てんびん》にかけていますね？」

仰倉の問いに、シロがまた唸る。

磨かれていない至極の原石。この先にどう転じるかわからない面白さを、恍一は生まれながらに持っている。仰倉と取り引きをし、彼の周囲に歪《いびつ》が生じた結果、更にその魅力が増していた。

「お嬢もかなりの逸材だけどな。――あんなのを隠していたか！」

「会わせたら、シロが迷うかと思いまして」

「確かに！　でもあの子は仰倉のモンなんだろ？　ほっぺにちゅってしてたしな」

「わたくしのものになろうと日々努力してくれている子、ですよ」

「虜《とりこ》じゃないのか？」

「違います」

「おお。玉造の主と同じか」

仰倉の虜にならない稀有《けう》な人間。

「お気づきでしょうが、ハマナスや朔と違い、あの子にはシロの姿は見えません。ですが、わたくしとならば、あの子は異世界すらも覗くことができるのですよ」

「……自慢か？」

「ええ」

嘉代にしてそうであるように、仰倉にとっても恍一は自慢だ。恍一だけでなく、龍一も朔も。

「仰倉のモノを横取りすると恐ろしいことになりそうだからな、あの子のことは諦める」

「シロは物わかりが良くて助かります」

「それと、倫子のことも、任された」

「よろしくお願いしますね」

「ではな！」

シロの気配が洋館から消える。入れ替わるように、龍一と朔と恍一が、猛然と洋館へ飛び込んできた。


不気味なくらいに、綺麗な夕焼けだった。

鮮やかなオレンジ色に染められた世界。

「……死んじゃったのかなあ、私」

一瞬で、見知らぬ世界に来てしまった。

ここはどこの町だろう。菜穂の地元より賑《にぎ》やかだし、発展してる。

『菜穂ちゃん！　その本に触っちゃだめだ！』

逢坂くんの声だった。それも、ものすごく必死な声。

菜穂の手には文庫本。

「死んじゃったのに、本を持ってるとか。我ながらありえなくない？」

一生に一度しか死ねないのに、どうして、自分にとって最も大事なものを持たずに、見知らぬ人から預かった本なんか、持っているのだろうか、私は！

腹立たしい。

なにもかもが腹立たしい。

「馬鹿よ、馬鹿。菜穂ってば、ものすっっっっごく、馬鹿」

クリスマスプレゼントを龍一に届ける役を安請け合いして後悔して、代理で本を届けることを安請け合いして、このざまである。

反省とか学習の文字は、私の辞書にないわけ？

「我ながら、痛い……」

逢坂恍一が触っちゃだめだと止めた（間に合わなかったけれど）この本のせいで、今、私は、こんなことになっちゃっているのだろうか？

度重なる不幸の連鎖とでも呼べば良いのか？

「もう。だから、翔太がわたしにつきあってくれてたら、こんなことにならなかったのよ」

情けなくて、泣けてくる。

――翔太。

「翔太のせいなんだから」

翔太の馬鹿。馬鹿馬鹿馬鹿！

顔を思い出しただけで、腹が立つ。

自分にも、翔太にも、めちゃくちゃに腹が立つ。

「馬鹿馬鹿馬鹿馬鹿馬鹿馬鹿翔太！」

「ひでえ」

合いの手が入って、菜穂は死ぬほどぎょっとした。しかも、この声！

どこからどう現れたのか、目の前に玉造龍一が立っていた。

「それだけ元気なら、大丈夫か」

「……なんで？　龍一くん？」

「菜穂、その本、思いっきり投げ捨てろ」

「え？　この本？　——でも、これ」

「いいから、投げろ」

強い執着のせいで、この世界に飛ばされた恍一の母はついに本を手放せなかったという。

「投げていいの？　でもこれ、龍一くんちの本なんでしょ？」

そうして、本に魂を吸い取られるように自我を失っていったそうだ。

「かまわないから。さっきの馬鹿攻撃のついでに、翔太にぶつける勢いで投げろよ」

菜穂、頼む。投げてくれ。

「……翔太に？　ぶつかったら、ケガしちゃわない？」

奈穂は唐突に思い遣《や》りを発揮する。

菜穂、頼む！

「比喩だろ。四の五の言わずに、いいから投げろ」

『聞いてたけど、でも、関係ないだろ？　龍一のお嫁さんが誰であろうと、それは龍一が決める
ことだし、外野が四の五の口出しすることじゃないし』

やっぱり、逢坂くんと龍一くんって、従兄弟《いとこ》なんだなあ。

「わかりました。もう、四の五の言いませんっ」

菜穂は本をぎゅっと握ると、「翔太ぁ！　悪態つきまくりで、ごめんねーっ‼」

と叫びつつ、全身で本を投げた。

「よし！」

龍一が大きく頷く。そして、気づくと菜穂は、薄暗い室内に立っていた。

「お帰り、菜穂ちゃん！」

恍一が菜穂をぎゅっと抱きしめる。――うわ。逢坂くんにハグされた。

「おかえり、なほちゃん！」

見知らぬ異国の美少女が（なぜに和装？）嬉しそうに奈穂の手を取った。――うわ。可愛《かわい》い。

なにが起きているのかちっともまったくわからなかったけれど、

「た、ただいまです」

そうか。私、彼らに助けてもらったんだ。——そうか。「助けてくれて、ありがとうございました」

ぜんぜんわけがわからないけれど、私、……帰って来られたんだ。

さっきまでなんともなかったのに、突然、恐ろしくてたまらなくなった。あのまま、ずっと、あそこにいたら、私、間違いなく死んでたんだ。

立っていられなくなって、床へぺたんと座り込む。一緒になって座り込んだ少女が、

「おかえり、なほちゃん」

と言いながら、菜穂の頭をよしよしと撫《な》でた。その手の温かさと柔らかさに心の芯からホッとして、気づいたら、涙が溢《あふ》れて止まらなくなった。

同じく、そこへしゃがんだ龍一が、

「翔太のおかげだな」

と笑う。

「……なんで？」

涙と鼻水でべしょべしょになりながら、菜穂は訊く。「どうして翔太のおかげなの？」

「菜穂をこの世に繋ぎ止めてくれたのが翔太の存在だったってことだよ。菜穂が強く翔太のこと

を思っていたから、なにも失わずに戻って来られたんだよ」

「……そうなの？」

「それと、菜穂、巻き込んでごめんな」

龍一が謝る。

「え？　なんで？　巻き込んだのは私でしょ？」

「詳しくは話せないけど、こっちが菜穂を巻き込んだんだ。ごめんな」

「……ううん」

菜穂が安請け合いなんかしなければ良かっただけだ。反省と学習、しなくっちゃ。「あのね、龍一くん。その子、もしかして、龍一くんのお嫁さん？」

訊かれて、美少女がぱっと顔を輝かせる。

「はい！　朔は、龍一の、お嫁さんです！」

やっぱり、この子なんだ。

「つまり、婚約者ってことだよね？」

法律では高校二年生の男子は、まだ結婚できないから。

「まあ、……そうなるかな」

龍一は曖昧に頷く。

「気が早いけど、おめでとうって言って良い？」

「菜穂ちゃん⁉」

恍一が驚く。龍一のお嫁さんの存在に、あんなに荒ぶっていた菜穂が？

「おう。――ありがと」

たちまち龍一が照れる。

「もしかして、同級生で龍一くんにおめでとうって言ったの、私が最初？」

「ああ、そうだよ」

「うわあ。やった……！」

静かに感動している菜穂へ、その逞《たくま》しいまでの立ち直りの良さに、もし翔太と菜穂が結婚したなら翔太は間違いなく菜穂の尻《しり》に敷かれるんだろうなと、恍一は余計な心配をしてしまった。


窮鼠猫《きゅうそ》を噛むとはよく言ったもので。

倫子がまさしくそれであった。なりふりかまわぬ有り様で、やがて邪《よこしま》なモノに虚を衝《つ》かれ、取り返しのつかないことをしでかした。怨恨《えんこん》が募るあまりに目が曇り、ターゲットを間違えるというおまけつきで。

玉造家の娘《朔》に、ユキの家の跡継ぎで滅されたはずの赤子《龍一》が婿入りしたと誤解した。赤子が男児で玉造家の者となったのだから、当然婿《むこ》入りと考えたのだろう。浅はかにも。

自分の婿を奪った玉造家の娘が憎い。とんだ逆恨みであるし、翳となって倫子が見た朔はシロですら娘と見たので龍一と朔を取り違えても仕方がないのかもしれないが、どのみち思い込みの激しさは自滅への近道となるものである。

キラトはキラトで玉造家には遺恨がある。倫子はキラトに都合よく利用されたのだ。

キラトなんぞと取り引きをしてしまった倫子は、果たしてこの世に留《とど》まることができているのか。シロが匂いを追いきれなかったところからして、異世界へ飛ばされてしまったのではあるまいか。奈穂の説明によれば、ものすごく美人のお姉さんから、借りていた本を娘さん（お嫁さんの間違いかなと思いました）に返しておいてくれと頼まれたそうだ。あの倫子が他者から〝ものすごく美人〟と評されたのだとしたら、倫子はキラトと取り引きもしたであろうが、それだけでなく、キラトに恋をしたのかもしれない。

それはそれで収まりはよい。倫子は二度と家へは戻れないであろうが、本人がよいなら、それでよい。

しかも、倫子がしでかしてくれたおかげで、ユキがすっかり鳴りを潜めた。倫子の大いなるしくじりを若き玉造の跡継ぎたちが見事に始末したのである。

結果、ふたつの家へ恩を売った。

「……なんと素晴らしい」

仰倉は嘉代に望まれるまでもなく、恍一も龍一も朔も、そして嘉代も、手放す気はない。玉造の家の快適さは彼ら在ってこそなのだ。彼らの安寧が、そのまま仰倉の安寧となるのだ。

本日も、子どもたちはたいそう元気である。

「めっちゃあつい。めっちゃあつい。めっちゃあつい」

覚えたての「めっちゃ熱い（うっかり恍一が叫んでしまったのだ）」を楽しげに繰り返しながら、朔はつきたての熱々の餅《もち》を、縁側に敷いた、餅取り粉を打った大判の板の上でくるくると丸めていた。

朔にとっては、これが人生で二度目の白くて丸い物である。片やめちゃくちゃに冷たく、片やめちゃくちゃに熱いという振り幅だが。

雪合戦をしたのと同じ庭に、寒風は吹き抜けてゆくが残雪は既になかった。天気予報ではしばらく乾燥した晴天が続くらしい。

熱いうちに形にしないと整った鏡餅にならないので、手のひらを真っ赤にしながら恍一も熱さをぐっと我慢して、朔とふたりで餅を丸める。

年の瀬が迫り、大晦日《おおみそか》と正月の準備もたけなわの玉造家。

年季の入った大きくてどっしりとした臼《うす》と杵《きね》で、大釜で蒸した餅米を餅にする。杵をふるうのは、（これまた）やり慣れている龍一で、楽々と杵を振り上げ、どんぱすんと良い音を立てて餅を次々につきあげてゆく。そして手際よくぱっぱと（相当熱いはずなのにまったく意に介さぬ様子で）臼の中の餅を返しているのは嘉代である。

餅つきをしている庭にも、餅を丸めている縁側にも、蒸された餅米のこっくりとした良い匂いが立ち込めていた。

新年のお供え用の鏡餅を、玉造家では自宅で作っている。大きなものを何組かと、ちいさなものを数十組と。それらはすべて敷地のどこかしらにお供えされるのだ。もちろん、自分たちが食べるためののし餅も作るし、それらが終わったら、大根おろしのからみ餅と、きなこ餅、それから、春に庭で摘んで冷凍保存しておいたよもぎで草餅も作る予定だ。

恍一はそうやってつきたての餅を食べるのが初めてなので、とても楽しみにしていた。

嘉代の割烹着《かっぽうぎ》を借りて、餅と餅取り粉で顔から腕からあちこち白くしている朔の足元には、着物姿には不似合いなスリッパが。例によって裸足なのだが、なんと、誰に言われずとも朔はスリッパを履いていた。パステルカラーのモコモコとした、柔らかい肌触りで暖かな真新しいスリッパである。

無事に戻れた奈穂が、迷惑かもだけど受け取ってください！　と龍一に渡したのは、（クリスマスギフトのキラキラのパッケージでラッピングされた）スリッパだった。

スリッパを履かない龍一が、もらっても使わないしなあ、と奈穂へ返そうとすると、

「すりっぱ！」

朔が、朔はスリッパを知っています！　と、手に取った。そして、ふわふわでモコモコな触り心地にうっとりとした。

朔が使うなら、と、龍一は受け取り、以降、すっかり朔のお気に入りとなり、常に履いているのである。龍一としても、裸足のまま冷たい廊下を走り回られるより、裸足でスリッパの方が断然に良いらしい。

しかも、朔は奈穂と友だちになりたいと言い出して、ふたりはメールのやり取りを始めていたのだ。使用されているのはもともと菜穂がアドレスを知っている恍一のケータイで、あまりに頻繁にメール交換をしているので翔太におかしな誤解をされるんじゃないかと警戒していた恍一だったが、奈穂が自分のスマホで撮った朔の写真を見せたからか、たまにメール交換に翔太が交ざってくるようになった。

朔は体が弱いので、入院するほどではないが家からは出られないと伝えておいたので、奈穂はいろんな写真を朔に送ってくれていた。女子ならではのチョイスで。

朔の世界が広がる。

生まれることを選択しなかった朔に、生き続ける楽しさが増えてゆく。それは朔を見守る恍一たちにとっても、とてもしあわせなことだった。

「朔ちゃーん！」

遠くから朔を呼ぶ声がする。

登呂のハマナスが、庭を小走りに駈《か》けてきた。

縁側から素早く立ち上がった朔が、

「ハマナスー、いらっしゃいませー」

と、手を振る。

「すごいよ！　本当に、あっと言う間に来られちゃった！」

感激して頬を上気させたハマナスは、嘉代や恍一たちにも挨拶をして、「パパから、七五三縄《しめなわ》をお届けするよう言付かりました」

と、ハマナスの後ろについていた、大きな風呂敷包みを抱えた黒いサングラスをした大きな男を前へ押し出した。

恍一は周囲を見回す。縁側の奥の日陰に仰倉がいた。仰倉はにこにことこちらを見ていた。少女は登呂の末娘のハマナス、朔の初めての友だちである。大男の正体は狼で、ハマナスに仕えるモノであり、ヒトの姿をしているときは恍一にも見える。名前はシロ。

ハマナスの名も、シロの名も、口にして大丈夫だと『華王の遺言』が教えてくれた。

「ですが恍一さん、くれぐれもシロに愛想良くはしないでくださいね。正体は狼ですから、取って食われないよう油断禁物ですよ」

仰倉が笑いながら恍一に助言した。そして、恍一にキスをした。

——予習はバッチリである。いや、キスは関係ないが。

「まあまあ七五三縄まで？　餅米をあんなにたくさんいただきましたのに」

嘉代が恐縮すると、

「お気になさらないでくださいさ嘉代さま、米の藁《わら》なら、うちには売るほどありますから」

登呂の家は稲作をしている。玉造の庭にどんなに草木が茂っていても稲はあまり自生していないので、七五三縄を綯《な》うほどの藁を庭から得るのは無理である。

たいそう立派な七五三縄が風呂敷の中からいくつも現れた。

「ハマナスも、お餅、くるくるって、する？」

朔が訊く。

「うん！　やる！」

早速とばかり、ハマナスがフリルのついたブラウスの袖《そで》をまくる。

「お嬢、その前に手を——」

シロが忠告しようとした先を奪うような、

「わかってるわよ！　洗います！」

すかさずのハマナスの返答に、皆が笑った。

たくさんの笑い声が、玉造の庭に響いた。

＊本書は書き下ろしです。
＊この作品は、フィクションです。
実在の人物・団体・事件などにはいっさい関係ありません。

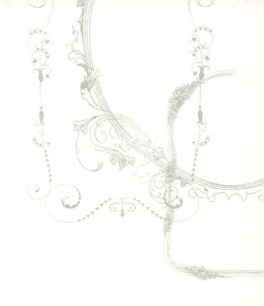

ぼくたちの愛する悪魔と不滅の庭

著者　ごとうしのぶ

2018年3月31日　初刷

発行者　小宮英行
発行所　株式会社徳間書店
〒141-8202　東京都品川区上大崎3-1-1
電話 048-451-5960（販売）　03-5403-4348（編集部）
振替　00140-0-44392

本文印刷　株式会社廣済堂
製本　ナショナル製本協同組合
カバー・口絵印刷　近代美術株式会社

装丁　百足屋ユウコ（ムシカゴグラフィクス）

ISBN978-4-19-864598-4